ベリーズ文庫

# 偽りの婚約者に溺愛されています

鳴瀬菜々子

JN179630

STARTS
スターツ出版株式会社

目次

いきなりですが、婚約成立です

# 本当はあなたが好きです

「笹岡《ささおか》さん。これ……よかったら食べてください。お礼は、食事に付き合ってくれたらいいな、なんて」

綺麗《きれい》にラッピングされた箱を差し出して、彼女は言った。中身はクッキーかケーキといったところか。

赤く染まった頬を見て、明らかにそういう意味で好意を持たれていると確信した。

「いや、困るんだけど。だって……」

やんわりと断ろうとすると、その目がうるうると潤み始めた。

「受け取ってくれないんですか。もしかして、私と食事に行くのが嫌だからですか」

「そうじゃなくて、だから……」

どう答えたらいいものか。

食事に行って、それからふたりでどう過ごしたいのか。彼女の意図が読めない。

「いいじゃないですか……女同士でも。私は笹岡さんが好きですから！　愛に性別なんて関係ないですよ」

彼女の手から箱がドサッと落ちた。その瞬間、私は彼女に抱きつかれていた。

「う……！　沢井《さわい》さん、ちょっと」

彼女を押しのけようとしたが、すごい力でしがみつかれて動けない。

「本気なんです！　私とのこと、真剣に考えてください。お願いですから」

「こ、困ったな。どうしたら……」

辺りを見回す。偶然誰か通ってくれたらいいのに。この状況をどうにかしてほしい。

そう思ったが、いつもは混み合う昼休みの自販機コーナーに、今日に限って人影はない。

「さ、沢井さん。落ち着いて。できれば離してくれるとありがたいんだけど。もしも誰かに見られたら……」

私が言うと、彼女は私を抱く腕の力を緩めた。その隙に、サッと彼女から距離を置く。困惑する私を見ながら彼女の表情が曇る。

「やっぱり……迷惑なんですね。こんなに好きなのに」

そんな私を見上げるその目からは、とうとう涙がこぼれ落ちた。

「迷惑というか、やっぱり、同性同士はちょっとまずいかなぁなんて……。そう思わない？」

警戒して、さらに後ずさりをしながら言う。

「わかりました。笹岡さんのことは諦めます。でも笹岡さんは、性別なんて気にしないで真剣に考えてくれると思っていたのに。だったら初めから、私に優しく笑いかけたりしないでください！」

「えっ。そんなこと——」

「なにも言わないで！」

彼女は私の話を聞かずにそう言うと、くるっと私に背を向け、そのまま走り去っていく。嵐のようなひとときだった。身体中から力が抜けていくような感覚になる。

その後ろ姿を見ながら、ひとり残されて呆然《ぼうぜん》とする。足を動かすとなにかにこつっと当たり、見下ろすと先ほどの箱が落ちていた。それをそっと拾い上げて見つめた。ピンクのリボンが丁寧に結ばれている。

彼女はいったい、どんな気持ちでこれを用意したのか。私と出かける様子を想像したりしたのだろうか。少し気の毒に思う。

だけど……。

「……気にするでしょ、普通は。どうして本気で好きとか思えるの。私は女なのよ？」

独りごとを呟《つぶや》き、ため息をつく。

　女性に告白されたのは、実はこれが初めてではない。だからあまり驚きはしなかったけれど。

「優しく笑いかけた……？　普通に仕事のやり取りをしただけなんだけどなぁ。いつ誤解されたんだろう」

　若い人は情熱的だ。彼女は二十六歳の私よりも三つ年下で、二十三歳。ようやく仕事に慣れて、恋をする余裕ができたのだろうか。積極的で自信がある。

　彼女のように、自分の想いを素直に打ち明ける行為は勢いがあっていいな、と他人事のように考える。

　私だってまだ若いけれど、そんな勇気も自信もないから、彼女を羨ましくさえ思う。

「く……っ。くくくっ。でかい声の独りごとだな」

　そのとき、自販機の陰から聞こえてきた声に振り返った。

「松雪《まつゆき》さん」

　そこに姿を現したのは、お腹を抱えて笑いを押し殺す、直属の上司だった。

「ずっとそこにいたんですか。ひどい。助けてくれたらよかったのに。本気で焦ったんですよ」

　彼はなにも悪くはないのに、思わず不満を漏《も》らす。黙って見ているなんて悪趣味だと感じたからだ。本当に困っていたのに。

「ぶっ。あははは。いやー、面白かった。いいものを見たな」

楽しそうに笑いながら彼は私を見た。睨《にら》むように彼を見つめ返す。

「君が女性にモテるって噂《うわさ》には聞いていたけど、本当に告白する子がいるんだな。驚いたよ。羨ましい」

「私は全然嬉《うれ》しくありません。沢井さんを傷つけたのは悪いと思いますけど、好きになる相手を彼女は間違えていますよ。私はこれでも一応、女ですから」

私がむくれて言うと、彼は笑うのをやめた。

「そうだな。どこからどう見ても君は女だ。それに背が高くてスタイルもいい。なにより綺麗だしね」

「やっ。な、なにを言っているんですか」

急に言われ、焦って松雪さんを見上げる。百七十センチ近くある私のことを見下ろす彼は、かなりの長身だ。

「すぐに照れるところも可愛《かわい》いよ」

「またそうやってからかうんですから。やめてください。本気にしますよ？　私に好かれたら困るでしょ」

私がこう言えば、さすがに彼も引くだろう。そう思ったのに彼は余裕顔だ。

「お？　本気にしてくれるの。君に好かれても俺は全然困らない。嬉しいよ」

「なっ……！」

ダメだ。なにを言っても通じない。そもそも松雪さん相手に、私が勝てるはずなどないのだけれど。

仕事で意見が食い違っても、私の意見が通ったことなどない。いつも納得せざるを得ない完璧な説明をされるので、反論できなくなってしまうからだ。

真に受けちゃいけない。彼が女性を褒めるのは、おそらく挨拶みたいなものなのだ。

社内のあらゆる女性と噂になったことがある彼は、かなりの遊び人だと言われている。実際モテるし素敵だから、むしろ女性のほうが放ってはおかないだろう。

高学歴に高身長。仕事はデキるし、モデル並みの甘いマスクと抜群のスタイル。街角で出会っても、一般のサラリーマンだとは誰も思わないだろう。そんな彼に、女性社員たちが憧れないはずはない。

「からかってなんかないのに。笹岡は素直じゃないな。確かに、男が女を褒めるのには下心があるけどね。もちろん俺もそうだよ。君は魅力的だと思うけど」

「下心だなんて、私に抱く男性はいませんよ。松雪さんも例外ではありません。私が魅力的だと本当は思っていないでしょう？」

「面白くないな。少しは照れたりしてほしいのに。まだ口説き足りないみたいだな。君の仮面をはがしたいんだが。ははは っ」

やっぱりからかっていただけだ。おそらくそうだとは思っていたけど、心のどこかでがっかりする自分がいる。

「あ、松雪さん。そろそろ移動しないと」

時計を見て、もうすぐ午後の就業時間になることに気づいた。松雪さんと並んで歩きだす。

「新商品のサンプルですが、午前中のうちに会議室に運んでおきましたよ。廊下に積んであったので、通行の邪魔になりますからね」

「ええ？　まさかひとりであれを全部？　……というか、もう仕事の話かよ。せっかく頑張って口説いたのに、余韻もなにもないんだな」

顔をしかめた彼に、得意げに言う。

「仕事以外になにを話すんですか。私にとっては段ボール箱の十個や二十個、なんてことないですよ。力には自信がありますから」

「まったく。そんなのは男の仕事だろ。君は女性なんだから誰かに言えばいいのに」

「私が頼んで、おいそれと引き受けてくれる男性なんていません。いいんですよ。実際、私がやったほうが早いんですから」

「俺がいるだろ。今度からは俺に言えよ」

社内で唯一、私を女性として扱ってくれる松雪さんは、かなり希少な人だと思う。こんな男性は初めてだ。

学生時代、女子校でバスケひと筋だった私は、痩せてはいるが実際はかなりの筋肉質だ。今はスーツでそれを隠しているが、力はその辺の男性よりも強い自信がある。

髪は社会に出てから伸ばしているので肩まであるが、服装はいつもパンツスーツ。これが定番スタイルだ。むしろ普段着や仕事のスーツ類では、スカートやワンピースなんて持ってすらいない。靴だけは低いヒールのついたものを履いているが、これも慣れてきたのはほんの最近だ。

男性には相手にされないが、昔から女性にはモテる。もちろん二十六歳になった今でも、恋の経験など皆無だ。

「おー、お疲れ。皆、そろそろ会議室に移動しろよー」

企画課のオフィスに入った瞬間、松雪さんが大きな声で言う。

「松雪さん、廊下にあったサンプルの箱はどうしたんですか。ひとつもないんですが」

不思議そうな顔で、男性の同僚が松雪さんに尋ねた。

「ああ、それな。笹岡が運んでくれたそうだ。もう会議室にある」

「ええっ。あれを全部ですか？　マジか。やっぱり〝男オンナ〟だな」

松雪さんの隣にいた私に、皆が視線を向ける。同僚のその言い方に少々ムッとしたが、それをぐっと堪《こら》え、私は皆に笑顔を向けた。

「ええ。軽かったのでお気になさらずに。力仕事は得意ですから。男性よりも早く運べますよ。なんといっても私は男オンナですからね」

おどけたように言うと、皆はどっと笑った。

「気になんてしないよ。笹岡は俺たちよりもよっぽど逞《たくま》しいもんな」

「笹岡さん、格好いい」

「本当、男だったらよかったのに～」

ええ、ええ。そうですとも。男らしくて悪かったわね。

そう思いながらも笑顔は崩さない。

ずっとこんなふうに周囲から見られてきた。今さら傷ついたりはしないから、なんとでも言えばいいわ。

「おい。違うだろ！　初めに言う言葉は『ありがとう』だろうが！」

急に私の隣で松雪さんが怒鳴った。

私を含め、辺りが静まり返る。笑っていた人たちも驚いた顔で松雪さんを見た。

「笹岡は女性なんだぞ。荷物運びは男の仕事だろ⁉　今後は、気づいたやつは率先してやれよ。俺もそうするから」

そう言って皆をひとしきり睨んだあと、松雪さんは優しい眼差《まなざ》しで私を見下ろした。

「本当にすまなかった。今後は遠慮なく人に頼むんだぞ。ありがとう」

「嫌だ。本当に大丈夫ですから、お礼なんて言わないでください。こちらこそ、勝手なことをしてすみませんでした」

こんなとき、心から思う。私は素直じゃない、と。

松雪さんの部下になってから、こうして何度も優しくされてきた。そのたびに思わず反発するような言い方をしてしまう。

だけど、こんな人に出会ったのは初めてだから仕方がない。女性として優しくされることに、私はまったく慣れていないのだから。

先ほど私に告白をしてきた沢井さんと私は、実はあまり変わらないのかもしれない。少し優しくされただけで期待してしまう。

このようなことがあった場合、彼はただ上司として優しいだけだ、と自分に言い聞かせてきた。

仕事がデキて、格好よくて女性にモテる。そんな彼が、私を特別に想っているはずなどないのだから。


私たちが勤めるこの会社『ササ印《じるし》』は、国内では名の通った老舗《しにせ》の文具メーカーだ。文具業界での国内シェアは上位にのぼる。

私はここで商品の企画課に所属していて、日々新商品の開発に携わり、忙しい毎日を送っている。

実はこの会社は、私の父が経営している。将来はひとり娘である私が継ぐように言われながら育ってきたが、今はまだそんなことは到底、想像もつかない。仕事も半人前なのに経営だなんてとんでもない。目下、修業の毎日だ。もちろん、周囲に特別扱いされないように身分は隠している。

私の名前は笹岡夢子《ゆめこ》。入社四年目の二十六歳。

女性らしさはないのに、名前が〝夢子〟。自分でも似合わないと自覚しているが、これればかりは仕方がない。

中学と高校は、地元でも箱入り娘の集まりだと噂されるエスカレーター式の名門お嬢さま女子校だった。そこで女らしくなることが、日々男らしくなっていく私を心配した両親のたっての願いだったのだ。

しかしそれが逆にあだとなり、自分で言うのもなんだが、私はそこで女の子たちの憧れの的となってしまった。バスケ三昧の日々を送っていて、ますます男らしさに磨きがかかった。

私の当時のあだ名は〝王子〟だった。一時期は騒がれているうちに、このままであるべきだと思い込み、本当に男なんていらない、このままずっと女の子と一緒にいたほうが楽しいのではないかとまで考えたりもした。

だけど卒業した途端に、当然のごとく『普通の女の子として恋がしたい』と憧れ始めた。共学の大学へ進学して、素敵な男性が身近になったり、友達カップルを見て羨ましくなったりしたからだ。

でも多感な時期をほぼ男のように過ごしてきた私には、もちろん男性への免疫などない。どうしたら他の女の子たちみたいに可愛くなれるのか、男性と恋ができるのかわからないまま、今も過ごしている。

会議室へと移動するために、準備中の手をふと止めて松雪さんのほうを見る。デスクで資料をまとめる彼の顔が、私のデスクの位置からはよく見える。

照明を落としたオフィスの中で、窓から射し込む光が彼を照らす。その光は端正な顔立ちの彫りをさらに深くしていて、彼は男性なのに本当に綺麗だと思う。伏し目がちな目を縁取る長い睫毛《まつげ》。少し茶色がかった髪。

ここからときおり彼を見つめながら、少しずつ募らせてきた想い。

普段からいつも優しくて、『私は女性なんだ』と思わせてくれる。そんな唯一の男性である彼に心を惹《ひ》かれるのに、時間はそうかからなかった。

彼は松雪智也《ともや》、二十九歳。二年前に、社長である父の紹介で彼が入社してきて間もない頃から、私は彼をひとりの男性として意識してきた。

「ん？　なんだー、笹岡。俺に見とれてないで早く準備しろよー」

私がぼんやりと見つめていることに気づいた彼が、おどけた口調で話しながら笑う。

「見とれてなんていません。松雪さんは本気で自意識過剰ですよ」

言いながら慌てて目を逸《そ》らす。

「真に受けるなよ。冗談だよ」

入社当初から課長待遇で、敏腕エリートと噂される彼だったが、初めから距離はまったく感じさせなかった。二年経った今も、彼を役職ではなく名字で呼ぶ部下のほうが多いほどだ。

彼が私に対して恋愛感情を持つはずなどないとわかっているから、私はこの気持ちをずっと封印している。

迷惑だと思われたくない。今の関係を壊す勇気もない。これからもずっと、この想いを松雪さんに告げることはないだろう。

以前飲み会で酒に酔った同僚が、彼女はいるのかを彼に尋ねると、『今は恋人はいない』と答えていた。それを聞いて人知れず安堵《あんど》した私だったが、彼に本当に好きな人が現れたなら諦める覚悟もできている。

この先も、あなたが好きだなんて、絶対に言わないつもりだ。

「おーい、笹岡。行くぞー」

「はい。あ、これも持っていかなきゃ」

慌ててデスクに戻り、ファイルを手にする。

「しっかりしろよ。速乾性のサインペンは君の案なんだからな」

焦る私を見ながら、彼はクスクスと笑う。

「私の案じゃないですよ。松雪さんのヒントがないとできませんでした」

「はいはい、わかったよ。そういや君は素直じゃないんだった」

歩きだした彼を追うように、私もデスクをあとにした。

もしも私が好きだと伝えたなら、あなたはどうするのだろうか。きっと困った顔で笑いつつ、そっと私の頭を撫《な》でるのだろう。

『笹岡……ごめん。俺は君をそんなふうには思えなくて……』

隣を歩く彼を見上げながら、そういう言葉を口にする彼の様子が頭に浮かんだ。

ゾクッと背中になにかが走り、急に怖くなる。

知られてはいけない。彼が引いてしまわないよう、この距離を保たなくては。

強く思いながら、彼から目を逸らした。

# 気持ちが混乱しています

「夢子。お見合いをしなさい」

夕飯が終わってくつろいでいると突然、父にそう言われ、私は思わずお茶を吹き出しそうになった。

それを無理やり堪えて咳《せ》き込みながら、父のほうを見る。

「うっ。……ごほっ！　な！　なにを言うのよ、急に。びっくりするでしょ」

驚く私を真剣な顔つきで見ながら、父はさらに言った。

「わかっているとは思うが、お前と結婚する男は会社の次期後継者となる。誰でもいいわけじゃないんだ。最近のお前の様子を見ていたが、恋人がいるわけではなさそうだ。ならば今のうちに、初めからふさわしい相手と付き合ったほうがいいと思ってな」

「そんな。無理よ。お見合いなんて嫌。好きな人くらい自分で見つけるわ」

強がって抵抗する。

確かにこのままでいたら、恋人になるような人にはなかなか出会えないだろう。だけど、親が決めた相手だなんて絶対に嫌だ。

「自分で見つける前になんとかしないといけないんだよ。お前の結婚相手には、もれなく会社がついてくるからな。お前ひとりの問題ではないんだ」

「でも私にだって夢はあるの。結婚するなら恋愛結婚がいいと思っているのよ」

父の言うことはもっともだ。恋人もいないし、会社のこともあるのだから、私が夢見るような簡単な話ではない。

「お前の気持ちもわかるが、年齢もあるしな。最近だと二十六歳ならばまだ結婚は早いと思われるかもしれないが、お前と結婚する後継者には早々に経営学を学んでもらう必要がある。簡単なものではないから、一から学ぶには時間がかかるんだよ」

「そうだけど、お見合いだなんて……」

ダメだ。正論すぎて言い返せない。だとしたら、父が言う通りにお見合いをしなければならないのか。

「実は、『グローバルスノー』の社長の息子さんとの縁談が来てな」

「え？　グローバルスノー？」

有名なスポーツ用品メーカーだ。私が学生時代にバスケ用品を買うときは、いつもグローバルスノーブランドだったので馴染《なじ》みがある。

「彼は次男だ。だからうちを継いでも問題ない。もう自社で経営学を勉強し始めているそうだ。年齢もお前と同じだし、付き合いやすいと思うぞ。とても社交的な男性だと聞いている」

父の用意周到ぶりに絶句する。条件に合う男性を、もう見つけただなんて。

「一度会ってみなさい。彼ならば問題ない。家柄も学歴も条件も申し分なしだ」

どうしたらいいのか、必死で考える。

もうあとがない。このまま黙ってお見合いをするのが正しいのだと思えてならない。でも松雪さんの顔が、頭の中を大きく占めていく。完全なる片想いで実るはずもない恋だ。だけど今はまだ、静かに彼を想っていたい。そんな欲求に駆られる。

最後の悪あがきなのかもしれない。たとえこのまま引き延ばしても、彼と結ばれることなどないことはわかっている。私はたくさんいる部下の中のひとりでしかない。

「好きな人が……いるの」

思わず口にしてしまう。不毛な片想いでは、認めてもらえるはずなどないのに。

「ほう？　そんな人がいるのか。初耳だな。社内の人間か？」

父は意外にも威圧的な態度ではなく、興味深そうな顔をした。初耳の娘の恋愛話を聞きたいだけかもしれないけれど。

「そう。だから、もう少し待ってほしいの。気持ちの整理をしないと、とてもそんな気にはなれないわ。中途半端じゃお見合いの相手の方に失礼でしょ」

「そうか。そんな人がいるのなら、その彼の言い分も聞かないといけないな。急にお前が見合いをすると言えば驚くだろう。彼の気持ちが本気かどうか確かめないと」

「ちが……。そうではなくて」

父は私に恋人がいると勘違いしたみたいだ。訂正しなければと思ったが、父はそれを遮るように話を続ける。

「一度父さんと彼を会わせてくれないか。誰かは聞かないで楽しみにしていたほうがいいな。社内で会うとお互いに意識するだろうから」

恋人ではないと知られたら、見合いを進められてしまうに違いないと考えた私は、もうなにも言えなかった。

父は松雪さんのことをもちろん知っている。他社から引き抜いてきた張本人なのだから。

「だが、相手次第では交際は認められないかもしれないぞ。もしも彼がいい加減な気持ちでいるのなら、もちろん見合いのほうを進める。夢子を本気で好きなら、会社の事情を理解してもらわないといけないしな」

「わ、わかったわ」

とりあえずは縁談が保留になったことに、ほっとする。だがこの先どうしたらいいのか考えがあるわけではない。

恋人などいないと正直に打ち明けて謝れば、今ならまだ父は許してくれると思う。だけどそれも勇気がない。

お見合い相手と一度会ってしまったら、おそらく簡単に断ることなどできないはずだ。だいたい私には断る理由もないし、政略的な兼ね合いもあるのかもしれない。

お見合い相手は、私が女性に好かれるような女だと知っているのか。社内の男性と同じように、私を男オンナだと思うだろうか。私を見てがっかりするかもしれない。たとえどう感じようが、会ってしまったらそんな私と結婚しなくてはならないなんて、お見合い相手の男性が気の毒な気もする。そんなことまで考えた。

「お前にとっては急な話でいろいろ混乱するとは思うが、そろそろ決めていかなくてはならないことだ。よく考えて決めなさい。父さんはお前を不幸にしたいわけじゃないんだ。お前の恋人が後継者にふさわしければ、もちろん賛成するさ。そうなれば見合いは白紙に戻すよ」

「うん。わかったわ。ありがとう」

父の気持ちはわかる。私が周囲にどう思われているかを知った上での親心だということも。まさか私に恋人がいるとは、父は思ってはいなかったはずだ。実際はいないけれど。

だけどどうしても、今回の縁談に素直に応じきれない私がいる。

松雪さんを好きでなければ、なんの問題もなかったのかもしれない。おそらく、お見合いをすることを逆に喜んだだろう。だがもうすでに彼に出会ってしまったから。

私は立ち上がると、フラフラとリビングを出た。

どうしたらいいのか策はない。自分の部屋に向かって重い足取りで歩きながら、深いため息をついた。

それから三日ほどが経過した。父に言われた話を思い返し、ぼんやりする時間が少しずつ増えていた。

これから私はどうなってしまうのだろう。恋愛をしたこともないのに、本当に言われるがままにお見合いをするの？　まだ出会ってもいない人と結婚？

実感がまったく湧かないでいる。彼氏ではなく、いきなり夫ができるかもしれないとは、今まで考えもしなかった。

「笹岡。おいっ。さーさーおーかー」

いっそ余計なことは考えずに、お見合いをしてみようか。もしかしたら相手の人を、松雪さん以上に好きになれるかもしれない。父が言うように、年齢も同じならば思いがけず気が合うかも。

だけどやっぱり、そんな気持ちで会うのは失礼だ。ずっとそんなことを思いながら、気持ちが行ったり来たりしている。

「笹岡！」

真上から大きな声で呼ばれ、頬杖《ほおづえ》をついていた手がガクッと崩れた。

「はっ、はい！」

驚きながら返事をする。

思わず立ち上がって振り返ると、松雪さんが呆《あき》れた顔で私を見下ろしていた。

「新商品のコンセプトはまとまったのか？　早く進めていかないと、明日の社内プレゼンに間に合わないぞ」

「すみません。ぼんやりしてしまって。すぐにやります」

私は椅子に座り、焦って資料をめくる。

今はとりあえず目の前のことに集中しなければならない。仕事中は余計なことを考えないようにしないと。

「笹岡……なにがあった？　様子がおかしいぞ」

松雪さんの言葉に私の手が止まる。

「あ……。すみません、なんでもないんです。つい考え事をしてしまって。もう大丈夫です。集中します」

再び資料に手をかけた私に、彼はさらに言う。

「ちょっと話さないか。なにかあったんだろう。俺でよかったら聞くよ」

「え？　いえ、別に——」

振り返り、彼を見上げた。

「話してみろよ、な？　まあ、実は俺もコーヒーでも飲もうかと思ってたところだ。部下の人生相談となれば堂々とサボれる。君がその調子だと仕事にも影響するから、俺も無関係ではない。いいから来いよ」

私の返事も聞かずに、彼は歩きだす。

「松雪さん。本当にいいですから」

声をかけても振り返らない。

ずっと彼を見つめてきたからわかっている。いい加減なふうを装ってサボるとか言いながら、真剣に話を聞いてくれることを。部下の小さな悩みすら、彼なら放ってはおかない。

だけど、なにを話せばいいというのか。まさか、『あなたが好きだから、父から言われたお見合いを迷っています』とは言えない。

そう思っているうちに、だんだん松雪さんの背中が遠ざかっていく。このまま残っているわけにはいかない。私は静かに立ち上がると、どうしたらいいかわからないまま彼を追った。

ふたりでエレベーターに乗り込んだ。いつもならば冗談を言ってくる彼が、今は黙っている。

『俺も無関係ではない』と言った彼の言葉は正しい。まさか私が悩んでいる内容が、自分を好きなことだとは思ってもいないだろうけど。

もし気持ちを正直に打ち明けたなら、あなたはどんな顔をするのか。話を聞こうと思って私を連れ出したことを、心の底から後悔するのかもしれない。

なにを聞かれても、なんとかしてごまかさないといけない。彼の困った顔なんて絶対に見たくはない。

あれこれ考えていると、エレベーターは屋上に到着した。

「屋上で話そう。今の時間なら誰もいない」

彼はそう言いながら、途中にある自販機で缶コーヒーを二本買うと、屋上のドアを開けて勢いよく外に出た。私もそんな彼についていく。

「うーん。いい天気だな」

両手に缶コーヒーを握り、彼は身体を大きく伸ばした。

「思いきり汗をかきたくなる陽気だな。君はバスケをしてたんだろ？　実は俺も少しだけやってたんだ。まあ、俺は下手《へた》なんだけど」

「本当ですか？　今度一緒にバスケをしましょう」

「嫌だよ。負ける勝負はしないと決めてる。下手だと言ってるだろ。君は意地悪だな」

ふたりで笑い合う。

私の緊張が伝わったのだろう。話しやすい会話で緊張を解いてくれる彼の気遣いが嬉しい。ようやくいつものふたりに戻った気がして、安堵の気持ちが心に広がった。

「君はやっぱり笑ってるほうがいい。元気だけが取り柄だろ？」

いつもと同じ、優しく私を見つめる眼差し。

私を女だと実感させてくれる、生まれて初めて好きになった人。

「元気だけって。他にもなにかないんですか？　それだけしかないみたいじゃないですか」

「ははっ。褒めてるのにまた文句か。まったく君は……って、おい。どうした」

涙が溢《あふ》れ始めた私を見て、彼が驚いた声を出した。

「ごめんなさ……私……」

平気な顔で、『なんでもない』と言うつもりだった。心配して連れ出してくれただけで満足したはずだ。会社で泣いたことなど、今まで一度もなかったのに。

周囲が想像とイメージで作り上げてきた〝私〟という虚像は、実は本当の私じゃない。実際は、男性と普通に恋がしたいと思っていた。

学生時代に〝王子〟だなんて呼ばれて、自分でもそうでなければならないのだと思い込んできた。周りの期待に応えたくて、できるだけそうであるようにと演じてきた。女の子と恋をしよう、と本気で考えるほどに。

それとも本当は、〝王子〟の内面が期待外れだと周囲に思われてしまうのが怖かったのかもしれない。女の子として慕われないならば、男の子っぽくいなければいけないと思った。どっちつかずの、なんの価値もない人だと思われたくはなかったのだ。

両手で覆って、泣き顔を隠す。そんな私の頭をそっと撫でてくれる、温かくて大きな手。男の人の手が、こんなに私を幸せな気持ちにしてくれることを、今まで知らなかった。

他の女の子よりもちょっと背が高くて、お菓子作りよりスポーツが得意でも、スカートがあまり似合わなくても、そんなことは全然関係なかった。

私だって恋をしたなら、ただの女なのだという事実。そんな当たり前のことに気づかせてくれた大切な人。あなたをどうやって忘れたらいいのだろう。

「うう……」

涙が止まらない。松雪さんを困らせるつもりなんてないのに。

お見合いをしたなら、きっともうあなたを忘れるしかない。報われない恋に突き進むには、私はあまりにも未熟だ。いきなり器用に切り替えられるはずもないけど。

「しょうがないなぁ」

私の頭上からぽつりと彼の声が聞こえた瞬間、身体がふわっと温もりに包まれた。

松雪さんの逞しく温かい胸に抱きすくめられた私は、驚いて泣くのをやめた。

「泣きやむまで君はしばらく、ここでこうしてなさい」

なっ……！　なー‼　なにが起こったの⁉

私の身体がピキーンと硬直する。

「まつゆ……あの……」

モゴモゴと話す私に彼は言う。

「なに？　離してほしい？　もう泣かない？」

私は必死で何度か頷《うなず》いた。

突然抱きしめられたりしたので、腰が抜けそう。足元がぐにゃっと揺れる。

「よし。少し残念だが離してやろう」

パッと松雪さんが離れ、私の身体は解放された。

「おっと。危ない」

その直後によろめいた私を彼が再び抱き止め、ふたりとも元の体勢に戻った。

「コーヒーなんて買うんじゃなかった。両手に持ち直した瞬間にチャンスが訪れる。今は手が使えないから、君の身体に触れないじゃないか。もっと楽しみたいのに残念だ。女の子を慰めるのはなによりも得意なのに」

彼の両手に握られた缶コーヒーが、私の貞操を守っているらしい。

……というか。

私は自分の置かれている状況を再び認識した。急激に、いても立ってもいられなくなる。

「きゃー！」

彼の胸をドンッと押しやり、飛び出すように彼から離れる。

「うおっ。危ないなぁ」

彼はよろめきながら私を見た。

「すっ、すみません！　私、こんなふうにされたのは初めてで……！　びっくりしてしまって」

いくらなんでも、私にはハードルが高すぎる。苦しいほどに鳴り響く胸をぐっと押さえた。

「ふ……っ。あははは」

真っ赤になりながら自分を睨む私を見て、松雪さんはゲラゲラと楽しそうに笑いだした。

「本当に面白いな。男の胸に抱かれるのは初めて？　それが本当ならば嬉しいな。俺は君に触れた唯一の男ってわけだ」

「バ……バカにしないでください。松雪さんにとってはなんでもないことでも、私には……」

再び泣きたくなるのを、ぐっと堪えた。

今まで誰からも相手にされてこなかった、と言っているようなものだ。松雪さんもからかっているだけで、私を好きなわけではない。

「バカになんかするはずないだろ。そういうことをされるのは、ちゃんと好きな男が現れてからでいいんだよ。笹岡らしくて俺は好きだけど」

常に女性と噂になる松雪さんの意外な返事に驚いた。絶対にまた、からかわれると思ったのに。

「今のままの自分を大事にしろよ。安売りしたら君の価値が下がる。純粋で真面目《まじめ》なところは君の長所なんだから」

そう言いながら、私に缶コーヒーを一本手渡す。それを私が躊躇《ためら》いながら受け取ると、彼はニコッと笑った。

「天気もいいし、すぐに戻るのはもったいないな。もう少し君と話してたい。悩みを聞くなんて言ったけど、無理に聞き出したりはしないから警戒するな。座らないか」

そばにあったベンチにドサッと座ると、コーヒーをぐっと飲む。

「泣いたらちょっとは元気になったか？　君は真面目だから、何事も思いつめる傾向がある。なにがあったかは知らないが、もっと自分に自信を持てよ」

私は彼の横にちょんと座ると、彼のほうを向いた。

「自信なんてありません。正直に言うと、今の自分に満足していないんです。私は……男みたいだって小さな頃から周囲に言われてきて、その通りで女性からしか興味を持たれない。わかってはいるんですけど」

不思議なほどにすらすらと胸の内を話せた。ずっと恥ずかしくて、知られたくないと思っていた本心を、よりによって一番好きな人に。

「笹岡が男にまでモテたりしたら、俺は気が気じゃないな。心配でとても見てはいられないだろう。君のいいところは俺だけが知ってたらいいじゃないか」

包み込むような優しい笑顔に見とれる。

端正な顔には、女性の心を掴《つか》む魅力が満ち溢れている。こうして彼に慰められていると、まるで愛されているような錯覚を起こしそうになる。

「じゃあ松雪さんは、本当に私に興味があるとでも言うんですか。違いますよね。男の人は可愛い女性が好きに決まっていますから。私は対象外でしょう」

別に拗《す》ねているわけではないが、今まで思い知ってきたことだ。言い方が少々荒い気がするけれど、別に彼を責めているわけじゃない。

「もう私は大丈夫です。連れ出してくれてありがとうございました。コーヒー、ごちそうさまです。あとでいただきます。戻りましょう。新商品のコンセプトをまとめたら、チェックお願いします」

笑顔で立ち上がった私は、まだ開けていない缶コーヒーを持ち上げ、彼に見せた。

お見合いの話を受ける覚悟ができた気がする。松雪さんとこうしてふたりで話せた時間を、ずっと忘れない。抱き止められた彼の腕の温もりを忘れない。

もうすべてを終わりにしよう。彼への想いを断ち切るときが来たのだと、ようやく思えた。好きだとはさすがに言えなかったけど、心の奥に隠し持っていた想いを聞いてもらえた。そのままの私でいいと彼は言ってくれた。

「俺が思う可愛い女性の中には、君も入ってるよ。勝手に俺の気持ちを決めるな。君を男みたいだなんて俺は思ったことがない。自分を卑下したような言い方は、君らしくない」

怒ったように言いながら、彼は私を睨んだ。

そのとき颯爽《さっそう》と吹き荒れた風が、私と彼の髪を撫で上げながら通り過ぎていく。風になびいてはためく彼のネクタイを、私は呆然と見つめた。

# 俺でよければ手伝います［智也side］

『松雪課長の補佐をさせていただきます、笹岡夢子です。よろしくお願いします』

俺がササ印に就任した初日、部長に紹介されて、初めて笹岡夢子に会った。

咄嗟《とっさ》に思った第一印象は『綺麗な子だなぁ』だった。

すらりと伸びた長身に、脚の長さが際立つパンツスーツ。肩で切りそろえられた髪に、化粧っ気のない透き通った肌。クリッと輝く瞳の周囲を長い睫毛がびっしりと縁取っていた。

『わざわざ〝課長〟はつけなくていいよ。堅苦しいのは嫌いなんだ。こちらこそよろしく』

俺が言うと、彼女の顔から緊張した表情が消えて、ふわっと笑みが浮かんだ。

『はい。松雪さん』

可愛く笑う彼女を見て、つられるように自分の頬が緩むのを感じる。

初めて出会うタイプの女性だった。男に媚《こ》びた目線で自分を売り込むようなことも、化粧で顔を必要以上に整えて香水のにおいを漂わせるようなこともしていない。清純で、ありのままを貫くような凛《りん》とした美しさが彼女にはあった。

『笹岡。このシリーズだが、新発売の色のほうを工場に追加発注しないと生産が追いつかないかもしれないぞ。支店から注文がどんどん来てるようだ』

『はい。もう営業部に連絡済みですよ。在庫を工場に確認するそうです』

『えっ。そうか』

仕事においても俺の考えを先回りすることが多く、状況判断をするのが得意な彼女との作業は非常にやりやすかった。

『しかし、そのファイルは画期的でしたよね。プレゼンで松雪さんの企画に聞き惚《ほ》れたほどです！　尊敬しますよ。売上も話題性も群を抜いていますよね。さすがです』

素直に俺に敬意を示す彼女を、笑顔で見つめる。

『まさかシリーズ化までされるとは、企画した本人も思ってなかったけどな。しかも、こんなに売れるとは』

『シリーズ化は当然ですよ！　ワンタッチボタンで穴まで開くなんて、普通は考えつきませんよ。だけど欲を言えば、カラーやデザインのバリエーションがもう少し欲しいところですよね。素材も変えて可愛くしたり。そしたら若い人や学生の需要も、もっと狙えるかもしれないのに』

彼女の言葉に、俺は目を見開いた。

『実用的だけど地味なんですよね〜。事務用品としてしか需要がないような。有名ブランドとコラボしたりしたら面白いですよね』

『そうか、それいいな。やっぱり女性の観点は重要だ。カラーやデザインは男にはない発想だ。女心は女性にしかわからない』

彼女のアイデアを忘れないよう、メモ用紙にペンを走らせる。さらなる需要が期待できる。

『ん？　どうした』

そのとき、赤い顔で俺を見たまま黙る彼女に気づき、不思議に思った俺は動きを止めて彼女を見た。

『まだなにかあったか？』

『いえ……』

理由も言わずに彼女は俺からサッと視線を逸らし、デスクに戻る。

変なことを言ったか、気に障《さわ》ることをしたかと考えるが、今の会話からは思いつかない。

そのとき彼女が感じた気持ちの内容を知るのは、それから間もなくしてからだった。

『やっぱ、彩香《あやか》ちゃんは可愛いよなー。華奢《きゃしゃ》でさ、守ってあげたくなるね』

『嫌だ～、山野《やまの》さん。重たくて持てないだけですよー。可愛いだなんて、一生懸命なのにバカにしてるんでしょ』

商品検査のため、定期的に工場から送られてくる商品の一部と新商品のサンプルは、ときには段ボール十箱を超える量になることがあった。部署にいる者が総動員で会議室へと運ぶのは恒例だった。

『重いですから、彩香さんはいいですよ。私が運んでおきますから』

ヨロヨロと箱を持ち上げようとする女性社員に、笹岡は笑顔で声をかけた。

『あら、悪いわよー。いいのよ、夢子ちゃん。私、頑張るから。持てるわよ』

遠慮する彼女の隣で、男性社員である山野が軽々と箱を持ち上げながら口を挟む。

『彩香ちゃん。笹岡が君の分もやるって言ってるんだから、君はいいんじゃない？　俺たちに甘えちゃえよ。笹岡は女だけど、君たちとは身体の作りが違うから。究極の男オンナだもんなー』

その場にいた者たちが一斉に笑いだす。

俺は笹岡が『女性に対してのセクハラだ』とか言いだすのではないかと思い、ハラハラした気持ちでその様子を見ていた。なにかあれば責任者として場を取り成す必要がある。

だが笹岡は穏やかに、ニッコリと笑いながら、反論もせずにそんな連中を見るだけだった。

『山野さんったら、ひどい。夢子ちゃんだって女の子よ。そんな言い方をしなくても』

山野にかばわれた女性社員が怒ったように彼に言う。

笹岡は女性陣には好かれている。素直で飾らない性格だから当然だとは思うが。

『確かに夢子ちゃんのほうが、山野さんより格好いいけどね』

『えーっ。ひどいよ、彩香ちゃん』

ふたりのやり取りに、周囲にいる者がさらに笑う。

笹岡は曖昧な笑顔のまま、彼らを見つめていた。その目がなんだか悲しそうに見えた俺は、思わず助け舟を出した。

『山野は彼女の箱を持って。俺は笹岡の分を持つから。他の女性たちもここはいいから、業務に戻っていいよ』

てきぱきと商品を振り分け、それを抱えた俺に笹岡が言う。

『私は大丈夫です。一緒に運びます。持てますから』

『ダメだよ。君は先ほどの処理の続きをしててくれ。君たち女性は、そんな細い腕でふた箱も運べないよ。俺たちが運んだほうが早いから』

彼女は戸惑ったような視線を俺に向けながら、ぽつりとひとことだけ言った。

『……すみません。ありがとうございます』

そのあと、赤い顔で嬉しそうに笑った。きっとこのように男扱いされる場面は、今回が初めてではないのだろうと俺は悟った。

確かに笹岡は背も高いし、アクセサリーなんかも身につけてはいない。他の女性よりは少々華やかさに欠け、一見地味にも思える。

だが、今の笑顔は誰よりも上品で可憐《かれん》だ。笹岡のいったいどこが男オンナなのか。山野は彼女の魅力にどうして気づかないのだろう。誰よりも可愛いのに。

しかし俺は、自分がそう思っていることを誰にも教えたくはなかった。笹岡の可愛さに気づいているのが自分だけなら、むしろそのほうがいい。そんなことを考えた。

それ以降、笹岡の内面の魅力にさらに気づいた俺は、彼女のはにかむ顔が見たくて、なにかにつけて彼女を構うようになった。彼女は表面上は素直に気持ちを出したりはしないが、つっぱったあとに必ず嬉しそうな表情をする瞬間がある。それに気づいていない他の男は、女性社員に人気のある彼女を相変わらず〝男の敵〟だなんて言いながら男扱いしていた。

そんな中、とうとう俺は、他の女性に誘われるような機会があってもまったく興味を持てなくなってしまった。適当に遊ぶことすらできない。どうしても笹岡と比べてしまう。女であることを前面に出してくる他の女性よりも、さりげなく周囲に気を配る彼女が、誰よりも女らしく思えてならなかった。

だが彼女は、あくまでもただの部下だ。上司としてよこしまな気持ちを持つわけにはいかない。一日に何度も自分に言い聞かせた。

そして今。急に泣きだした彼女を、思わず咄嗟に抱きしめてしまった。

今まで周囲に言われてきたことに、本当は泣くほど耐えられなかったのか。ずっと傷ついてきたのか。俺が皆に君の女性らしさを話さなかったからなのかもしれない。話していれば、君はこれほどまでに傷つくことなどなかったように思えた。

罪の意識で自分を責める。本当の君の気持ちを皆に話せば、必ずわかってくれたはずなのに。君を苦しみから助けられたのに。俺が本当の君を独り占めしたいなどと感じたから、君は泣くほどに思いつめたのかもしれない。

頑《かたく》なに自分を否定する君に、とうとう『可愛いと思っている』ということを本気で言ってしまった。

自分が周囲にどう思われているのかを知っている君は、戸惑うであろうことを知っていたのに。今の距離感を変えるつもりなどなかったのに。

警戒されてもう話せなくなるのではないか。黙り込んだ彼女を見ながら考える。

なんと言えばいいか言葉を探していると、一旦立ち上がっていた彼女が、再び俺の隣に座った。

「松雪さんは素敵な人です。そんなふうに言ってもらって、本当に嬉しい。でも、もういいんです」

「もういいって、なにが？」

聞き返すと、彼女はニコッと笑いながら話し始める。

「私……父にお見合いをするように言われているんです。きっと男性に縁がないと思われているんでしょう。実際、そうですけどね」

「お見合い？　なぜ。君はまだ若いだろう。結婚を急ぐ必要なんてないはずだ」

彼女は結婚するために焦るほどの年齢ではない。じっくりと相手を探す時間は充分にある。

「実は私は、社長の娘なんです」

「は？」

「父はササ印の社長です。誰にも言っていないんですけど」

意味が理解できない。彼女はなにを言いだした？　社長の娘？

きょとんとする俺に、彼女がさらに詳しく説明する。

「私には兄弟もいなくて、私があとを継がなくてはいけないので、早く結婚しないと、私の旦那さんになる人が一人前になるための勉強ができないそうです。先日、父にそう言われてなにも言い返せなかったんです。もっともな理由だったから」

「な……！」

俺は口をぽっかりと開けたまま絶句した。どう答えたらいいか言葉が見つからない。

「私には彼氏もいませんし、断る理由がないんです。本当は恋愛結婚をしてみたかったんですけど、これればかりはどうにもなりません。今となってはそんな時間もないですから」

「き……君は、それを受け入れるつもりなのか」

お見合いだと？　どこの誰かも知らない相手と結婚しなければならないのか。

そう続きを言いたかったが、俺にそんなことを話す権利などない。

「父はもし、私に恋人がいるのなら会ってくれると言いました。相手次第ではお見合いを断ると。でも実際、恋人なんていませんから、今日にでも恋人はいないと打ち明けるつもりです」

「そしたら……恋愛結婚ができないじゃないか。それは君の本意ではないんだろう？」

ようやく答えることができたと思ったら、こんなことしか言えない。自分の中にある言葉の引き出しの少なさに、愕然《がくぜん》とする。

「いいんですよ。お見合い相手と恋愛ができるかもしれないですから。まあ、お互いに気に入らなかったとしても、断ることはおそらくできません。きっとお相手の会社とは、業務提携しているとかの関係だと思うんですよ。大きな会社の息子さんで驚きましたけどね」

「それだと政略結婚じゃないか！　君の意思はどうなる！」

思わず大きな声で言う。

異様な腹立たしさがじわじわと湧いてくる。どうして彼女がそんな目に遭わなくてはならないんだ。

だが、興奮する俺とは対照的に、彼女は冷静だった。

「そうかもしれません。だけど、私を好きな男性なんて今はいないですし。あーあ、お金を払うと言ったら、誰かがしばらく恋人になってくれないですかね。……なんてバカなことを考えたりもしましたけど」

自嘲気味に笑う彼女に、思わず言っていた。

「お金で恋人を雇うのか？　じゃあ、俺が君に雇われてやるよ。君の恋人を演じてみせる」

「……へ？」

彼女が俺を見た。大きな目をさらに見開き、素っ頓狂な声を出す。

「嘘《うそ》でしょう？　嫌だ、冗談ですよ？　……まさかそんなこと」

「本気だ。俺は社長と面識もある。俺をこの会社に呼んでくれた人だからね。信頼もされてると思う。俺なら社長も認めてくれるはずだ」

絶句している彼女に、さらに続ける。

「俺でよければ手伝うけど。恋愛がしたいという君の夢を叶《かな》えてやれる。俺の出現によって縁談がなくなれば、ゆっくりと相手を探せるじゃないか。君はお見合いをせずに済むんだ」

「む、無理ですよ。恋人のフリなんて頼めません。もういいですから。こうして聞いてもらっただけで充分です」

立ち上がった彼女の手を、咄嗟に握った。

「俺はよくない。笹岡には幸せになってもらいたい。君は俺の――」

いや、待て。なにを言うつもりだ。このまま告白でもするつもりか？

そうではない。確かに可愛いとは思うが、果たしてそれは彼女を好きだからなのか。言葉にして、プロポーズまがいの告白をするほどのものだったのか。自分の気持ちが見えない。

「俺の……大切な部下だから」

そうだ。彼女のことが気になるのは、これまでに出会ったことのないタイプだからだ。ふたりで日常の仕事を進めていくうちに、その純真な心に気づいたからだ。それ以外の何物でもない。

「でも……だからといってそんなことをお願いしたら、松雪さんにご迷惑がかかると思うので、絶対に無理です」

笹岡は一度言いだしたら、簡単に考えを変える女性ではない。俺がどう話せば納得するのか。

繋《つな》いだ彼女の細い手が微《かす》かに震えている。男に手を握られただけでこんなふうになる彼女に、見合いなどさせるわけにはいかない。

「そうだ。君はお金で俺を雇うんだろ？　それならば俺にもメリットがあるじゃないか。なにもタダだなんて言ってない」

「え？」

瞬時に思いついた俺の言い分は最低だ。金が目当てだと思われる。だが、他に彼女を頷かせる理由が今は思いつかない。

「いくら出せる？　俺はそんなに安い男じゃないよ」

どう思われてもいい。君が納得してくれるのならば。とにかく、彼女のお見合いをなんとしてでも阻止したい。その一心だった。

「あ、あの。本気ですか？　お金は……うーんと……四百万円くらいなら」

「えっ？　なんだって？」

耳を疑った。

「や、安かったですか。じゃあ、もう少し……」

「いや……。そうじゃなくて」

驚いた。まさかそんな大金を提示してくるとは。社会に出てから貯めたお金だろうか。四百万円だなんて、受け取れるはずないじゃないか。

せいぜい数万円だと勝手に考えていた。すべてが終われば笑って返せばいい、と。

だが、俺が躊躇《ちゅうちょ》すれば、彼女はこの話をなかったことにするだろう。

「四百万円ね。……いいよ。まあ、妥当だね。引き受けるよ」

心とは裏腹に口では平然と受け入れる。余裕顔で言う俺を、彼女はじっと見つめた。

気持ちを読み取られないように、動揺を隠しながら彼女を見つめ返す。

「君は俺を雇った。俺は君の縁談を全力で阻止する。契約成立だ」

立ち上がると彼女を見下ろした。

戸惑う視線で俺を見つめる君が、かわいそうに思えてくる。会社の運命を背負い、それに人生を捧《ささ》げようとする献身的な選択は、まさに彼女らしい。けれど、俺にはそれを黙って見過ごすことなどできはしない。

「契約印を押さないとな」

「え……」

そのまま顔を下げて、そっと唇を重ねる。

「ん……!?」

彼女が驚いているのが、その硬直した身体から伝わってくる。

しばらくして唇を離し、彼女の目を至近距離から見つめた。うるうると濡《ぬ》れた瞳に、呼吸が乱れて上下する肩。

こんな姿を他の誰かに見せようとしたのか。まだ会ったこともない男に、君はこの先、こんなに恍惚《こうこつ》とした目線を向けるつもりだったのか。

「納得できるわけないだろ」

ぼそっと呟くと、俺は彼女の頭を押さえ、さらに深いキスをした。

「まつ……ゆ……！」

吐息と同時に漏れる声。それを拾い集めるように舌を絡ませる。

柔らかな唇のしっとりした感触は、俺にどうしようもないほどの激情を抱かせた。

君を誰にも触れさせたくない。ずっと、こうしていたい。

「……嫌……っ」

夢中で彼女の唇を貪《むさぼ》る俺の耳に、ふと届いた彼女の声。

ハッと我に返る。これ以上はダメだ。戻れなくなる。本物ではないのだから。

そう考えた瞬間に、彼女の肩を掴むと、ガバッとその身体を自分から引き離す。

「これくらいは必要だろ。恋人であり、婚約者なんだから」

平然と余裕のあるフリをしながら言った。我を忘れた自分など、まるで存在しなかったかのように。

「……う、嘘でしょ。む、無理……」

ガクッとそのまま座り込んだ彼女を見下ろし、俺はニコッと笑った。

「よろしくな。君は今から俺の可愛い婚約者だ。これからも容赦しないから。やるからには完璧に、金額に見合っただけのことをする」

自分が最低だなんて考えている場合ではない。こうなったら、最後までやりきるしかない。

驚愕の眼差しを俺に向けながら、笹岡は黙っている。

「やめるなら今のうちだ。君が嫌ならやめる。どうする？」

これは賭けだ。彼女が拒むなら無理強いはしない。そう自分に言い聞かせる。

「よろしく……お願いします。お見合いを阻止してください」

彼女が小さな声で言ったのを聞いて、心底ほっとした自分がいた。

その深い理由については考えないようにした。彼女への想いを、自覚してしまうのが怖いと感じた。

高いですか、安いですか？


「松雪さん！　今日は飲みに行きませんか。企画も本格化しそうだし、前祝いってことで」

「いいねー。行きましょうよ」

「久々～。行く行く」

終業間近にひとりの先輩男性社員が大きな声で言ったのを聞いて、課の皆が盛り上がっているのを見る。

松雪さんと屋上で話した日から数日が経っていた。あれ以来、彼とふたりで話してはいない。あの日の出来事が、すべて夢だったのではないかとさえ思えてくる。

私の周りのすべては、これまでと変わらない。お見合いの話と、松雪さんとのことを除いては。

〝速乾性サインペン〟はサンプルの検査が終わり、異常がなかったので、いよいよ社長の決裁が下りるのを待つのみの段階となっていた。

松雪さんと二人三脚で勝ち抜いたプレゼンは、私を大きく成長させた。父が期待するほどの人材にはまだまだほど遠いが、今回はようやく踏み出したこの一歩に満足だ。企画がうまく通れば、私の案が初めて採用されることになるのだから。

　年に数回開発される新商品は、売れ行き次第ですぐ打ち切りになったり、たとえ商品化が決まっても直前で見送りになったりすることもある。私たちの提案以外に、関連会社や提携会社、下請け会社からも新商品の案が出され、数多くの企画の中から厳しい審査を乗り越えて新商品が決まるシステムとなっている。

　最後まで気が抜けないのはわかっているが、私は初の商品化の可能性に喜びを噛《か》みしめていた。

「笹岡も今日は大丈夫だろ？　やっぱり発案者がいないとな。君が主役みたいなものだし」

　先輩から私にも声がかかり、嬉しくなって顔を上げた。

「主役だなんて。まだわからないじゃないですか。まあ、今日はなにも予定はないですけど」

　そう言いながらも、顔がにやけてくる。

「そうかー、よかった。お前、今回は頑張ってたもんな～」

「ありがとうございます。じゃあ、私もぜひ……」

　私が参加の意思を伝えようとした瞬間、松雪さんが急にガタッと席を立った。皆で彼のほうを見る。

「笹岡と俺はパスだ。君たちだけで行ってくれ。今日はホテルでのディナーを予約してしまったんだ」

　え……？

　その場にいた、私を含む全員が唖然《あぜん》とする。

「俺たちはこれから大人のデートだから。前祝いはふたりきりでするつもりなんだ。な？　夢子？」

「えー⁉　な、なんですか、それ！」

「嘘！　マジ⁉　どういうことですか！」

　皆は大きな声で口々に言った。私は口を開けたままの状態で彼を見つめる。

「付き合ってたの⁉　いつから！　夢子さまー！　嘘～」

「松雪さんー‼　嫌ー‼」

「松雪さん！　笹岡は男ですよ⁉」

　予想だにしなかった発言をした松雪さんに対し、皆が一気に騒ぎだす。オフィスはパニック状態になってしまった。そんな同僚たちに、彼はぴしゃりと言い放つ。

「うるさい！　彼女は女だろ！　君たちがどう思おうが自由だが、侮辱する発言は許さない。彼女の女の顔は、この先誰にも見せるつもりはないけどな。俺ひとりの特権だ。あの色気はやばいぞ。ま、詳しくは言わないけど」

シーンと静まり返った彼らに、松雪さんはニヤリと笑う。

「君たちが鈍感で助かったよ。俺が入社するまで誰にも夢子を奪われなかったのは奇跡だと思う。こんなに可愛いのに、男性陣がどうして口説かなかったのか不思議だよ」

ちょっ！　ちょっと！　なにを言っているのよ!?

皆の視線が一斉に、松雪さんから私に移る。いくらなんでもやりすぎだと思うが、この場でそれを否定することは言えない。

「さあ、もう終業時間だ。夢子、行くぞ。君たちも早く店に行かないと席が埋まるぞ」

そう話しながら私のデスクまで来た彼は、私の腕を掴んで立たせた。

「あの、待って。このままじゃ」

せめて少しは皆にフォローしないと、明日からどんな顔をしたらいいのかわからない。だけど、なにをどう言い訳したらいいのだろう。

「残った仕事は明日でいい。俺も手伝うから」

「いえ。そうじゃなくて」

私が帰るのを渋ると、松雪さんが私の耳元に顔を近づけて小声で囁《ささや》いた。

「まだ物足りないならもっと言おうか？　今まで君を男扱いしてきたやつらに見せつけたいだろ。それともここでキスでもするか？」

「なっ！　そうじゃありません！　わかりました、行きます！　行きましょう」

私は大きな声で言うと、デスクの横にあるバッグを掴んだ。

「皆さん！　とりあえず今日はお先に失礼します！　詳しくはまた明日！」

振り返り、ガバッと頭を下げる。次の瞬間に、この場から逃げるように彼よりも早く歩きだした。

「彼女は早く俺とふたりきりになりたくて待ちきれないようだ。今日はどんな甘え方をしてくるか、俺も早く見たいから行くよ。じゃあ、お疲れ」

松雪さんは、さらに皆を動揺させるようなことを言いながら私についてきた。

廊下をドシドシと大股で歩く。早く会社から離れたい。一刻も早く。

「笹岡。そんなに慌てなくても、予約まで時間はまだあるぞ。なんだ、そんなに腹が減ってたのか」

「違います！　急いでいるのは、恥ずかしくて死にそうだからですっ」

企画課のフロアからは、まだギャーギャーと騒ぐ声がする。

定時になったばかりで、いち早くフロアを出たせいか、廊下には誰もいない。今のうちに社外へ出ないと、ふたりでいるところを見られたら噂になるかもしれない。

「皆の前であんなことを言わなくても。信じられないですよ」

周りには公表しないとばかり思っていた。予想外の展開に私はかなり動揺していた。

「皆に言わないで、どうやって婚約者のフリをするんだよ。俺たちが親密だと誰も知らなかったら、社長に見破られてしまうだろ？　信憑性《しんぴょうせい》がないとまずい。こういうことは周りから固めないと」

ピタッと足を止めて彼を振り返った。

「今さらですが、本当にいいんですか？　このままだと会社中に知られてしまうんですよ？　私なんかと婚約したと周囲に知れ渡ったら、松雪さんは恥ずかしいんじゃないですか」

私の言葉に、彼は眉をひそめる。

「その言い方は気に入らないな。自分をそんなふうに言ったらいけない。君は魅力的だと伝えたはずだが。俺は恥ずかしいなんて思わないよ」

「私も自分をそんなふうに言いたくはないですけど、仕方ないんですよ。どうしても自信が持てません。小さな頃から今までずっと、女らしいとは思われてきませんでしたから」

松雪さんは私のお見合い話を聞いて、阻止するためにこうして婚約者のフリをすることになっただけ。しかもそれは対価があっての話だ。

四百万円で、彼の本物の愛を買うことなどできはしない。好きな男性と夢のようなひとときを過ごすだけだ。終わりの来る幸せを買ってしまった私は、なにか間違ったのではないだろうか。

「じゃあ俺が、君を女だと自覚させてやるよ。うんと甘やかして可愛がってやる。ちなみに、それについての追加料金は取らないよ。サービスだ」

ニコニコしながら私の頭を撫でる彼を見つめる。なにを考えているのかさっぱり読めない。

「松雪さん、まさか……膨大な借金を抱えているんじゃないですか。そうじゃないと、普通は婚約者のフリをしようとは考えませんよね。大丈夫なんですか」

真剣な顔で尋ねると、彼はぶっと吹き出した。

「そうきたか。なかなか面白い見解だけど、それはないよ。まあ、いいじゃないか。俺がそうしたいんだから。可愛い部下のためだ。協力させろよ」

ケラケラと笑いながら歩きだす。

「今日のディナーは俺がごちそうするよ。芝居の舞台への出陣式だ。早々に社長に会わないとな、君の彼氏として。大丈夫、うまくやるさ」

その後ろ姿を見ながら、私の胸が締めつけられる。

あなたが本当に私を好きだったなら、きっと世の中の景色は違って見えるのだろう。

初めてのキスも、その優しさも、こんなにつらくは感じないのだと思う。

だがこれは彼の言う通り、あくまで芝居だ。彼は私を好きなわけじゃない。


「わあ……！　綺麗ですね。宝石箱みたい」

ホテルの最上階にあるレストランから見る夜景は、地上いっぱいに光が広がっており、私は思わず感嘆の声を上げた。

こんな場所に来たことも、男性とふたりきりで出かけたこともない私にとって、この輝きはキラキラと眩《まぶ》しすぎる。

「そうだろ？　ここはお勧めの場所なんだ。席はいつもここだと決めてる」

私の背後に回った彼が、私の椅子を引いてエスコートしてくれる。

『いつもここだと決めてる』という言い方が、たくさんの女性と来たことがあるのだということを示唆している。

「ほら、座って。君のお腹が鳴る前に注文しないと」

「もう。だから、そんなにお腹は空いていないですってば」

笑いながら私を座らせると、彼は自分も向かいの席に腰かけた。

「あ、そうだ。まずはこれを君に。開けてみて」

上着のポケットから、リボンが結ばれた小さな袋を取り出し、私の前に差し出す。

「なんですか」

「ネックレス。今日、工場に向かう途中で買ったんだ。取り急ぎで安物だけど」

「ええっ。どうして」

顔の前に手を組んで優しい笑顔で私を見つめる松雪さんは、背景にある夜景の光に包まれて、まるで童話の中で優しく微笑《ほほえ》む王子さまのようだと思った。

たとえ学生時代のあだ名が〝王子〟であっても、偽物の女である私なんかじゃとても敵《かな》わないほどに素敵な、本物の王子さま。

だけど私は、本物のお姫さまにもなれはしない。中途半端な自分がなんだか急に惨《みじ》めに感じた。

「いただく理由がありません。お返しします」

スッと彼のほうへ手を伸ばして、ネックレスの入った袋を彼の前に押し戻す。

「理由？　そんなものがいるのか。やっぱり君は変わってるな」

その言い方に、ズキッと心が痛む。

「変わってるというのは、私がこれまで松雪さんがデートしてきた方々とは違うという意味ですか。まあ、自分が変わり者であることを否定はしませんけどね」

彼と社内で噂になったことのある女性は、皆決まって美人だった。

私は彼に対して、どうしてもこんな言い方をしてしまう。なぜ可愛く笑って聞き流せないんだろう。

素直じゃない自分は、男性から好かれる要素をことごとく持ち合わせてはいないのだと改めて感じる。

「デートしてきた方々って、なんだよ。俺はそんなに遊んでるように見えるのか？」

「はい。噂をよく耳にしますから。松雪さんはモテますからね」

「参ったな。君はそんな話を真に受けてるのか。あれは、俺が中途採用の割に優遇されてることへのやっかみだよ。そういう噂を流すのが趣味の輩《やから》がいる。それか、噂になってる女性本人が俺に遊ばれたとでも言ってるんだろうな」

ため息交じりに答えた彼は、面倒くさそうな表情になった。

「え。噂は嘘なんですか？」

「ああ。おおよそのものはね。まあ実際に誘われたりすることも確かにあったけど、たいてい断ってるから恨みを買ってるのかもな。社内の女性と誘われるままに遊んだりしたら、あとが面倒そうだから」

「そうなんですか……」

彼の答えに拍子抜けする。話してみないとわからないことは多い。

「理由は……君を飾ってみたくなったからだ。もっと綺麗になるはずだから」

「え？　なんのことですか？」

突然言われ、首をかしげる。

「君に贈り物をするには理由が必要なんだろ？　君はアクセサリーをつけない。服装も華美なものは避けてるように見える。だけど、飾ると綺麗になるはずだ。女性は化粧やファッションで見違えるほどに変わる。これから噂で俺とともに注目されるんだから、少しは婚約者である君を可愛くしてもいいだろ？」

「アクセサリーや服装なんかでは、きっと私はあまり変わりませんよ。残念ですけど」

私の返答を聞いてクスッと笑うと、彼は袋から中身を取り出した。

「確かに、君はそのままでも充分に美しい。じゃあ……そうだな、理由を変えよう。これは、君が俺の婚約者だという印だ。君にアクセサリーを贈ることができるのは、婚約者である俺だけ。そんな特権くらいあってもいいだろう？」

　スッと立ち上がり、私がいるほうへと回り込んでくる。私が座る場所の背後に立つと、私の首にネックレスをかけて手際よく留めた。

「似合うかどうかは君が決めることじゃない。俺が綺麗だと思えばそれでいいじゃないか。俺の自己満足かもしれないが」

　今見ているものや、心に感じること。なにもかもがおとぎ話のようで、夢の中をさまよっているみたいだ。

　汗にまみれながらスポーツばかりして、おしゃれを楽しむこともなく過ごしてきた学生時代には、今の状況は想像すらできなかったことだ。

「ほらね、よく似合う。可愛いよ。君は素材がいいからな」

　席に戻って私を正面から見つめ、松雪さんはふわりと笑う。私は首にかかった小さな石を、震える指先でなぞった。

「ありがとうございます。……ごめんなさい、素直になれなくて。こんなときにどうしたらいいのか、全然わからないんです。贈り物なんてされたこともないから、いっぱいいっぱいで」

　照れて笑いながら言うと、松雪さんは私からサッと目を逸らした。

あれ、どうしたのかな。怒ったのか、呆れたのか。そのどちらかだろう。

「松雪さん？　すみません、私といると疲れますよね。素直じゃないので……。嬉しくても照れてしまって、逃げたくなるんですよ」

「いいや、違う。そういうわけじゃない。反則だ。それは君の作戦なのか」

私に視線を戻すと、彼は私を睨むフリをする。

「作戦？　なんのことですか」

「そんな笑顔を向けられたら、なんでも買ってあげたくなる。ただの安物なのに可愛すぎだろ。今の君は誰が見ても女らしいよ。やばい。ちょっと参った」

そう言ってまた笑顔に戻った彼を、私はうっとりと見つめた。

私の仕草に反応したりするなんて、本当に普通の恋人同士みたいだ。

「ご注文はお決まりですか？」

「ああ、そうだった。じゃあ、このお勧めの白ワインに――」

ちょうどオーダーを取りに来たボーイに、彼は慣れた様子でメニューを見ながら注文し始めた。

彼の視線が私から逸れた瞬間に、ふと我に返った。恋人のフリをしてもらう以前に、彼に渡すものがあることを思い出し、バッグをゴソゴソと漁《あさ》る。

　ボーイが去ったのを見計らい、彼の目の前にバッグから取り出した紙袋をドンッと置く。これがないと今回の話は始まらない。

「すみません、忘れていました。もっと早くに渡さなくちゃいけなかったのに。とりあえずはこれを確認してください」

「ん？　なんだ？」

　不思議そうな顔でガサガサと袋の中身を取り出そうとする彼を、冷静に見つめる。これが現実。夢はやはり、夢でしかない。彼がどれだけ魅惑的であっても、この偽りの恋人に私は決して溺れたりなどしないと誓おう。私は自分に言い訳ばかりしているが、本当はあとで傷つくのが怖い、ただの臆病者なのだから。

　彼は袋の中から札束をひとつ取り出し、手にしたまま、無表情でそれを見つめた。

「全部で四百万円です。本当にこの金額でよかったですか」

　おそるおそる尋ねた。

　社長である父に私の婚約者だと名乗ることは、会社中にそれを知られるリスクと、一会社員である彼の人生を変えてしまうほどの影響をあとに残す可能性がある。

　四百万円でそれらを背負わせることを、本当は頼むべきではないのかもしれない。

　私は自分のことばかりを考えていたが、松雪さんの立場からしたら、私の事情などはどうでもいいことだ。

「今ならまだ、断ってくださってもいいんですよ。会社の皆には、今日の話は冗談だったと言えば大丈夫でしょう。父に会って挨拶をしてしまったら、冗談というわけにはいかなくなりますが」

好きな人を困らせたくはない。私は、あなたにとって迷惑な存在になりたくはないのだ。いっそこのままお金を突き返してくれたらいい。そしたら、私も諦めることができる。

「このお金は、君が働いて貯めた大切なものじゃないのか？」

袋に札束を戻しながら、彼は私を見た。

「そ、そうですよ。やっぱり足りなかったですか？」

私が申し訳なく思いながら答えると、彼は急にガタッと席を立った。私を鋭い視線で見下ろす。

「君は俺を、いったいどんな男だと思ってるんだ？　本気で金が目当てだと考えてるのか」

そう言った彼の背後で、ワインを持ったボーイが呆然としている。

「あの、お待たせいたしました……」

「あ。悪い」

ボーイはばつの悪そうな顔で、私たちを交互に見た。彼の表情に気づいた松雪さんが再び席に着く。

ワインを手早くグラスに注ぐと、ボーイは軽く頭を下げてそそくさと去っていった。

「取り乱した。すまない」

短くひとことだけ私に言うと、松雪さんは深いため息をつく。

急に怒りだした彼の真意がわからない。だが彼にしたら、お金を受け取るということは、後戻りはできないということだ。彼の動揺はもっともだということだけは理解できる。

「松雪さん。やっぱりもう、こんなことはやめましょう。私はお見合いをする覚悟はできています。ご心配には及びません。いろいろありがとうございました」

「だから、そうじゃなくて……！」

なにかを言おうとした彼を、冷静に見つめる。

本当は今すぐに、あなたが好きだと言ってしまいたい。上司として、人として、そして男性としても、あなたの持つすべてに心から惹かれている、と。私を可愛いと何度も言ってくれたときの松雪さんの笑顔を、なによりも大切だと思ってきたことも。

お金を払ってでも、あなたを一瞬でも私のものにしたいと願った。私の中ではすでに、お見合いを回避することは本当の理由ではなくなっていた。あなたがそれを知ったなら、私を軽蔑するかもしれない。自分のことしか考えられない欲深い女だと。

「……わかった。それしか方法がないのなら、このお金は預かる。今度こそ本当に婚約成立だ。君がそれでいいのなら」

松雪さんはお金の袋を自分のバッグに入れた。

その様子を見つめながら、泣きたくなるのを堪えた。もう純粋に憧れていた日々には戻れない。自分の浅はかな思惑が、松雪さんのプライドを傷つけたような気がしてならない。申し訳なく思うが、今さら後戻りもできない。

私に向き直った彼は、私を見つめながら静かな声で言った。

「約束してくれ。今後、後ろ向きな発言はしないと。俺の婚約者として、自分の幸せを一番に考えると。君は自分の魅力に気づいてない。俺が君に自信を持たせてやる。この先、堂々と恋ができるよう全面的にサポートする。君はただ、俺の言うことに従ってほしい」

「はい。わかりました」

「よし。それでいい」

私が頷くと、彼は極上の笑顔を見せる。その瞬間、四百万円でこの笑顔を見られるのならば安いものだと、私は心の底から思った。

やはり私は自分勝手な女なのかもしれない。あなたが背負う代償よりも、自分の願望を優先したのだから。

## 偽物か本物か、わかりません

気づいてしまいました［智也ｓｉｄｅ］

「――それでね、そのときに中からインクがビュッと飛び出してきて、山野さんの顔にかかったんですよ。もう私、おかしくて」

「あはは。へえ、サンプルを過信しすぎたな。筆ペンはもう充分な進化を遂げてるから、今以上のものを生み出すのはなかなか難しくなってきてる」

　店に着いてから一時間が経過した頃。ワインの酔いが回ってきたのか、彼女はよく笑うようになっていた。

　屈託のない笑顔を見せる彼女だが、少し前までは沈んだ表情をしていた。お金を差し出しながら、今にも泣きそうだった顔を思い浮かべる。

「美味《おい》しいです。さすが松雪さんお勧めのお店ですね。こんなに綺麗な夜景を見ながら食事をするなんて、生まれて初めてですよ」

「今日は特別。プレゼンを勝ち抜いたご褒美《ほうび》だよ。毎回こんなわけにはいかないけど」

「いいえ。次回もきっと勝ちますよ。私はご褒美があると張り切ります。また来ましょうね」

切り分けた鴨《かも》肉を頬張りながら幸せそうな顔をする彼女を見て、クスッと笑う。

「ソースがついてる。また来たいだなんて、君は俺を破産させる気か？　怖いな」

手を伸ばして、彼女の口元についたソースを指先で拭《ぬぐ》った。

「あ……すみません。私ったら、だらしなくて」

赤くなって俯《うつむ》く彼女を、懲《こ》りずにまたしても可愛いと思う。

「いいよ。俺の前ではありのままでいたらいい。気取る必要なんかないよ」

俺を見つめたまま、急に黙り込んだ彼女に微笑む。

笑顔の裏で君が背負っている重圧を、どうしたら和らげることができるのだろうか。

「俺が君に対してしようとしていることは、果たして正解なのかわからない。だけど、女性として当たり前に感じるはずの幸せを諦めてほしくはないんだ。仕事も恋愛も、君らしさを貫いてほしいと思う」

「優しいんですね。私、松雪さんにいただいたチャンスを無駄にはしません。松雪さんみたいな優しい人と恋ができるように頑張りますね」

「……おう。きっとだぞ。まあ、俺以上の男がそういるとは思えないけどな」

――『じゃあ、俺と恋をしたらいいじゃないか。金は返すから、なんのしがらみもなく、一から始めよう』

そう言いかけてやめた。

「やだ。また自意識過剰ですか」

クスクスと笑う彼女を、目を細めて見つめる。

君が心から好きになる男は、どんなやつなんだろう。君の未来の恋人は、俺が今、君に対して思うのと同じ気持ちを持つのだろうか。

ずっと自他ともに女性であることを認められなかった君には、小さな子供のようなあどけなさがある。恋愛の駆け引きや、煩わしい感情のもつれなどを推し量る必要はない。素直で純粋なその心があるだけだ。

小さなネックレスひとつで、自由な君の心を繋ぐことなどできはしない。

「婚約指輪が必要だな」

思わず言うと、彼女は驚いた顔をして手を大げさに振った。

「ええっ。それはいりません」

「そ、そうか。ごめん、変なことを言ったな。一応、なにか形になるものを贈るべきかと思ったんだが。フリとはいえ、婚約するとなればさ」

しまった。外したか。

あっさりと断られ、曖昧に笑うしかない。俺が知っているような女性が喜ぶ方法など、君にとっては必要のないものだ。

「松雪さんの気持ち的に、形になるものがいるのならば、指輪よりもバスケットボールですかね」

「え？　バスケットボール？」

素っ頓狂な声で聞きながら、首をかしげる。

「ずっと欲しかったんですけど、私が自分で持つことを父が許してくれなかったんですよ。『これ以上男らしくなったらどうする！』とか言って、本気で怒るんです。だから自分で買えなくて。失礼ですよね、一応親なのに」

「あははは」

むくれた顔の彼女を見て、俺は笑った。こんなに楽しい思いをするのはいつぶりだろう。

「ダイヤよりもボールか。確かに社長は心配になるだろうな」

「松雪さんまで、なんですか。嫌になっちゃう」

プリプリと怒る彼女を見つめる。

「わかった。俺が贈るよ。俺からだと言えば、社長も捨てるなんてできないだろう」

「本当ですか？　嬉しい。バスケットボールが欲しかったんです。卒業してからずっとバスケは封印してきたけど、もう時効ですよね」

化粧を知らない透き通る肌に、キラキラと輝く瞳。

俺はどうして、お見合いをすると言った君を放ってはおけなかったのか、ようやく答えが見えてきた気がする。

「じゃあ今度、そのボールで山野さんを負かしてやりますよ。彼がお気に入りの彩香さんの前でバスケの試合をしましょう」

「おい。まさか俺もそのメンバーに入れる気じゃないだろうな」

「当たり前じゃないですか。一緒に山野さんを倒しましょう。悔しがる顔が見られますよ」

ガッツポーズで気合いを入れる彼女を見て、さらに顔が緩む。

「チームメイトが俺じゃ、逆に倒されるよ」

「なにを弱気な！　経験者でしょう。大丈夫です」

指輪よりもボール。そんな君にたまらなく惹かれていく心。

どうしてもっと早く、気づけなかったのだろう。今すぐに抱きしめてその口をこじ開け、無理やり俺のものにしてしまいたい。その目を両手で塞いで、俺だけしか見えなくなるようにしたい。

こんな気持ちのまま、いつか君が離れていくのを、指をくわえて見ていなくてはならないのか。

「笹岡。くどいようだが、やっぱり俺はこのお金を預かっていなければならないか？なにか別の方法があるかもしれない」

思いきって尋ねる。

今ならまだ間に合うかもしれない。俺が考える別の方法なんて、君と本当の恋愛をすること以外はない。君は俺をそういうふうには思えないのだろうか。

だが次の瞬間、彼女の顔から笑みが消えた。

「私は……中途半端なことをしたくはありません。ご迷惑でしょうが、これは私なりのけじめなんです。受け取っていただけないのならば、本来の予定通りお見合いをするしかありません。やっぱり、やめますか？　私はそれでも構いません。松雪さんが決めてください」

「いや！　いいんだ、わかった。ごめんな、何度も聞いて。あまりにも大金だったから、実際に見てやっぱり驚いてしまってさ」

慌てて言うと、彼女はニコッと笑った。

「運命を変えていただくのに、その金額では不足かもしれません。大金だと思うのも松雪さんの自由ですが、そうすることによって私が救われるのは確かです」

彼女の言い方から、俺と彼女の考えは重ならないことがわかった。

砕け散った想い。ならいいんだ。彼女との距離は、もうこれ以上は変わらないのだ。

「そうか。ならいいんだ。もう二度と聞かないよ」

「はい。……ありがとうございます」

彼女から目を逸らし、窓の外を見る。

君を手助けすることしか今の俺にはできないのならば、そうするしかない。これからも、君を好きだとは言わずにいよう。そう心に決めた。

「俺を名前で呼んでもらわないといけないな」

「えっ。下の名前ですか」

「そう。その敬語もやめてもらわないと。婚約者らしくないだろ」

彼女に向き直る。

これからはただ、演じるのみだ。心を隠して、君を幸せへと導く。偽物とはいえ、彼女と恋愛できる。

「俺の目を見て言ってみて」

「う……。と、智也……さん。きゃー！　無理です！　恥ずかしすぎます。ハードル高いですよ」

手で顔を覆った彼女の耳が、真っ赤に染まっている。

「バカだな。こうやるんだよ。……夢子」

その目を見つめながら名前を呼んだ。俺を指の隙間から覗《のぞ》く彼女に、笑いかける。

「あの……やめてください。……勘違いしそうになりますから」

「勘違い？　なにを」

手を顔から外した彼女は、もじもじしながら俺をチラチラと見る。

「そういうふうに見られると、本当に私を好きみたいに思えてしまいます。松雪さんにとっては普通のことかもしれませんが」

「じゃあそのまま勘違いしてたらいいんじゃない？　男に口説かれたときの免疫がつくだろ」

余裕なフリで笑った俺だったが、実際は動揺していた。

彼女が感じたことは、間違ってなんかいない。愛《いと》おしいという気持ちが溢れてくる。なにひとつ演じてなどいないのだから。

こんな気持ちのまま、お金で雇われた偽りの婚約者など、果たして本当に成立するのか。すべてが終わったときに、君をあっさりと手放せるのか。

「私ばかりが振り回されて、なんだか不公平です。松雪さん、ずるい。ドキドキして死にそうです」

「だから〝松雪さん〟はダメだって。名前で」

「と、と、智也さん……」

行き場のない、この想いが行き着くところはどこだろう。

「夢子。ここに手を出して」

「はい？」

素直にテーブルに差し出された手を、ギュッと握る。

「これからはスキンシップも取っていかないとな。こうして触れることにも早く慣れないと」

「う……っ。そうなんですか？　照れますね……」

細くて小さな手を包みながら、やりきれない想いに支配されそうになる。

君が好きだ。きっとこの想いは、これからもっと大きくなっていく。

だけど、気づくのが遅すぎたことを後悔しても、もう君を俺のものにできはしない。

今はただ、それを受け入れるしかないのだ。

店をあとにし、ホテルのロビーを抜けて外に出る。

並んで隣を歩く彼女を横目で見下ろす。ほろ酔いなのか、ニコニコと嬉しそうにしている彼女を見て胸が苦しくなる。

俺と過ごす日が終わるとき、君はなにを思うのだろう。最後に交わす言葉はなんなのか。

「夢子。手を繋ぐか」

俺の言葉に、彼女は俺を見上げて頷いた。

どちらからともなく繋がり、絡まり合う手。しかしこの状況はいつか終わる夢だと自分に言い聞かせる。

「今日は初めてのことばかり。なんだか嬉しくなってきます。私もこんなふうにできるんだって自信が湧いてくるの」

「君は頑固だから、できないと思い込んでただけだろうな。普通の女の子なんだから、恋も充分できる」

「そうかもしれません。……でもね……」

急に立ち止まった彼女に合わせて止まる。

「私を好きになる人なんて、本当にいるのかなって考えてしまうんです。私が好きになる人は、きっと私に振り向いてはくれません」

地面を見下ろすように俯く彼女の頭を、繋いでいないほうの手で撫でる。

「なぜ？　君の気持ちは好きな人に伝わるよ」

「本当にそう思いますか？」

「ああ。間違いなく、きっとな」

俺がそう言った瞬間、ガバッと顔を上げた彼女に驚く。

「うわ。どうした」

「智也さん、婚約してくれてありがとうございます。私、頑張ります。智也さんに迷惑をかけないように、最後までしっかりと婚約者になりますから」

そう言って笑った彼女を、思わず抱きしめた。

「頑張る必要なんてない。俺はありのままの君を受け止めるから」

君に振り向かない男なんて、初めから好きにならなくてもいい。

この契約に、最後なんて来なくてもいい。この愛おしい温もりを失いたくない。

「智也さん……どうして」

自分でもどうしたらいいのかわからない。君を好きだという気持ちだけが、焦って空回る。

「ごめん。もう少し、このままで」

ただ君を抱きしめることしか、今はできない。

少しでもいいから、君を感じたい。

伝えられないもどかしさが、俺の心を強く締めつけていた。

今日だけは、可愛くなります

「ダメだ。それだとコストがかかりすぎる」

「小売価格を多少上げてでも、ここは譲れないです。消費者は使いやすさを求めているんですから」

「百円で売られてるペンの横に、三百円のものを並べるのか？　この新型ボールペンは、使いやすさはもちろんだが、価格も消費者の求めやすいものにする狙いがある。自分の価値観ばかりを押しつけるな」

企画ミーティングで松雪さんと言い合う。他のメンバーは、白熱していく私たちを呆然と見ていた。

新型ボールペンの案を企画した本人である先輩社員でさえ、私たちの話に入ってはこない。他人事のように聞いているだけだ。

「じゃあ、他の箇所で素材を変えるとか」

「お？　それならいけるかもな」

私が言うと、ようやく松雪さんも同意した。小会議室でのミーティングに参加している他の五人は、ようやく落ち着いた様子の私たちにほっとしたように顔を見合わせている。

「仲がいいのか悪いのか。本当に松雪さんと笹岡はわかりませんよね。昨日の交際宣言も驚きましたよ」

ひとりの男性社員の言葉に、私と松雪さんはそろって顔を上げ、彼を見た。

確かに昨日はいろんなことがありすぎた。夢のようなデートの終盤には、抱きしめられたりまでしたのだから。

「ふたりきりのときはどんな感じなんですか？　ホテルでディナーだなんて、想像つきませんよ。笹岡がおとなしく松雪さんにエスコートをさせますかね？」

「そうそう。『私は自分でやりますから！』とか言いそう。彼氏彼女っていうより、男友達って感じ。笹岡には居酒屋で冷酒を飲んでるイメージしかないな。おしゃれなホテルで笹岡を連れて歩くのは勇気がいるでしょう」

私もそう思う。私とふたりであんなところに出かけて、松雪さんは恥ずかしくはなかったのだろうか。

他のカップルの女性は皆綺麗に着飾っていたのに、私はシンプルないつものパンツスーツだった。ふたりでいても、ただの友達や同僚にしか見えなかっただろう。

「知りもしないで勝手なことを言うな。昨日の夢子は可愛かったよ。まあ、何度も言うが、詳しくは教えないけど」

ニヤッと皆に向かって笑うと、松雪さんはなんでもないことのように資料に視線を戻す。

「そんな話より、仕事のことを考えろ。発案者は君だろ？　時間を無駄に使うなよ。今は雑談をするときではない」

松雪さんが厳しい口調で言った途端、野次が止まった。だが今度は、私が仕事どころではなくなってしまった。

どうしても思い出してしまう。昨夜の一瞬一瞬が映画のように頭に浮かぶのを、必死で打ち消そうとする。仕事に打ち込むことでなんとか乗りきろうとしていたのに。

平然としている彼は、やっぱり慣れている。大人だからだろうか。それとも、私を本当に好きなわけでもないから、からかって楽しんでいるのだろうか。

切なく潤んだような瞳で見つめられ、期待した瞬間もあったが、おそらく私の都合のいい勘違いだろう。

お金を受け取り、契約だと言った。その彼の言葉に、ただ頷くしかなかった。本当ならば自分の気持ちを伝えるべきだったのに、どうしてもできなかった。

拒絶されたら終わってしまう。お金を払ってでも彼との時間が欲しかった。

「ここのバネを短くしたらどうかな。笹岡、部品単価は変わるか？」

松雪さんを見つめてぼんやりしていた私は、先輩に言われてハッとした。

「あ、はい。調べます」

資料を慌ててめくる。

「おいおい。松雪さんに見とれてんなよー」

またしてもからかわれ、皆がどっと笑った。

「そんなんじゃありません。やめてください。なにを言っても私に届かない場所まで、先輩を投げ飛ばしますよ？」

「こえー。冗談に聞こえないよ」

私が目を逸らしてから、今度は松雪さんが私を見ているのを感じる。

きっとそれは、甘いけれど射抜くような視線。私は女である、と最も実感させるもののような気がした。

「冗談なんかじゃありません。私はそこら辺にいる男性には負けませんから。私をからかいたいなら、身体を鍛えてから出直してきてください。まあ、容赦はしませんけどね」

それに気づかないフリをして、おどけてみせる。

あなたを好きなことは、絶対に悟らせたりはしない。仕事に熱中しているように振る舞う。

「あ。バネの単価表、ありました。うーん、長さを変えてもあまり費用削減にはなりませんね」

饒舌《じょうぜつ》になりながら、なんでもない顔で必死に話すが、おそらく松雪さんは気づいているだろう。私が動揺し、その視線を全身で感じていることを。

「あー、そうか。じゃあやっぱりインクの質を落とすしかないよな」

「先輩、それはダメですよ。そこにこだわってこその新商品ですから。既存のものと変わらなくなってしまいます」

松雪さんは黙って、体勢を変えずにじっとしている。私は先輩と話しているが、意識は松雪さんに向いている。気になって仕方がない。彼は頬杖をつきながらこちらを見て、ゆっくりと私の心の奥に入り込んでくる。

これ以上は無理だ。

「私、資料室で新しい資料を探してきます！」

私は立ち上がると松雪さんに背を向けて、勢いよくドアに向かった。力任せにドアを開け、サッと会議室を出る。

どうしてもっと普通にできないんだろう。割り切った関係だと納得していると思われなくてはならないのに。

彼の目が、長い指が、そのすべてが私を混乱させる。

「あー……やばかった。あんなふうに見つめないでよ。勘違いするって言ったのに」

廊下を歩き、呟きながら頭をブンブンと横に振る。だけど、なにをしても邪念が消えない。

「夢子、資材資料なら俺のデスクにあるよ。資料室に行く必要はない」

背後から聞こえた声に、ビクッとする。

振り返ると、松雪さんがこちらに向かって歩いていた。

「松雪さん、ミーティングは……」

「休憩を入れた。行きづまってきてるからな。それより、名前で呼ぶ約束だろ？」

目の前に来た彼を見上げる。優しく私を見下ろす視線は昨日と変わらない。私を包み込んで、この人を好きだと実感させる。

「皆の前では呼べません。公私の区別はしっかりしないと」

「今は俺たちふたりしかいない」

私に向かってそっと伸びてきた彼の指が、私の前髪にさらっと触れる。

「髪をもっと伸ばせばいいと思うな。肩よりも長く。きっと似合う。見てみたいな」

「似合いませんよ。ここまでで精いっぱいです」

期待させるようなことを言わないで。髪がうんと伸びる頃まで、あなたはそばにはいないのに。これ以上、私を惑わせないでほしい。

震える足に力を入れながら、強く思う。

「婚約者として頑張るんだろ？　俺の言う通りにするんだったよな。髪は切らないでくれよ」

彼から漂う甘い空気が、私を息苦しくしていく。

「どっ、どうしてそんなことを言うんですか。ずるいです。私はどうしたらいいんですか。勘違いすると言いましたよね。困ります」

彼から目を逸らし、身体を反対に向けた。そんな私を彼は急に背後から抱きしめる。

「なっ……！」

「そんなに避けるなよ。悲しくなるだろ」

耳元で囁かれ、彼の吐息を耳に感じる。

「避けてなんか……」

破裂しそうなほどに心臓が鳴り響く。

「俺を意識してるのか？　なあ、夢子」

「フリだけなのにおかしいですよ！　こんなことしなくても──」

「やるからには容赦しない。君は勘違いしてくれてもいい。これが疑似恋愛でも、君には本気になってもらう。中途半端は嫌いなんだろ？」

私の胸の上で組まれた彼の手が、さらに強く身体を締めつける。

「私は……ただ……」

お願いだからこれ以上、私の心に入ってこないで。あなたを好きな気持ちを必死で隠しているの。苦しくて、今にも崩れ落ちそう。胸に抱えたあなたへの想いが爆発しそうになる。

「……もういいかな。これくらいにしておくか」

ギュッと目を閉じて耐えていると、松雪さんの手がパッと私の身体を離した。おそるおそる振り返ると、彼は笑いを噛み殺しながら私を見ている。

「君が悪いんだ。なんだかよそよそしくするから意地悪してみたくなった。ちょっとやりすぎたかもしれないな」

私の頭を軽くポンポンと叩《たた》きながら、彼は廊下の先に身体を向ける。

「資料を取ってくるよ。君は戻ってくれ」

黙って見ていると、彼は振り返らないまま歩きだして、さらに言う。

「今夜、君の家に行くよ。社長の都合を聞いておいてくれないか」

「えっ……。ええっ？」

両手を口に当てて、目を見開いた。

家に来る？

そう。いつかは父に紹介しなければならない。そのための関係なのだから。だけど、急すぎて気持ちが追いつかない。

「どうしよう」

呟いたまま考えるが、どうしようもない。早くしなくてはならないことはわかっている。

遠ざかる松雪さんを見つめて、ふと思う。もしかして彼は、この契約を早く終わらせてしまいたいのではないだろうか。彼にとっては面倒事以外の何物でもないから。時間をかけないほうが、尾を引かないに決まっている。噂や中傷が少しでも小さいうちに済むのならば。

私は終わらせたくはないが、彼は違う。どうせ終わるなら早いほうがいいんだろう。

そう思った次の瞬間、携帯をポケットから取り出すと、父に向けて発信した。

夕方になり、今日の準備をしようと、残業はせずに帰宅した。

松雪さんが家に来る。私の婚約者として、父に認めてもらうために。私のお見合いを中止してもらおうと、私に雇われた彼が重大な任務を果たしに来る。

シャワーを浴びてから、鏡に映る自分を見つめる。

細く筋肉質だった身体は、バスケから数年離れただけでずいぶん女らしくなったように感じる。棒切れみたいだったはずなのに、丸みを帯びてきたように思えた。

「太っただけかも」

自分に都合がよすぎるような気がして、思わず呟く。

身体が少々女らしくなったところで、松雪さんに見せるわけでもないし、好かれるはずもない。慌てて服を着るとリビングに向かった。

「あら、夢子。あなた、またそんな格好をして。彼が挨拶に来る日くらいきちんとしないと」

母がジーンズ姿の私を見て、ため息交じりの声で言う。

「別にいいのよ。会社でもこんな感じだし」

私が答えると、今度は父が口を挟んだ。

「いいわけないだろう。せめてスカートくらいはきなさい」

「お父さんまで、なによ。いいの。彼はわかってるから」

父はニッコリと笑いながら私を見た。

「今日会いに来てくれる人は、夢子を本気で想ってくれた大切な人だ。彼のために綺麗になることは、お前のためでもある。いつもと違うお前を見て、彼はきっと幸せな気持ちになるよ」

私は改めて自分の服を見下ろした。

カットソーにジーンズ。とても着飾っているようには見えない。だが、演じるだけのひとときに、おしゃれなどする必要があるのだろうか。松雪さんにとっては私の格好など、おそらくどうでもいいことだ。

「夢子、お母さんの部屋に行きましょ。可愛くしてあげるわ。彼を驚かせるわよ」

母に言われ、断ることもできずに黙り込む。

「誰が来るのか楽しみだ。夢子には幸せになってもらわないとな。私が気に入る者ならいいが」

父がそう言った途端、急に罪悪感が襲ってきた。

両親を騙《だま》し、松雪さんにも嘘の片棒を担がせてまで私がしたいことはなんだろう。彼を好きな気持ちは嘘ではないが、完全なる一方通行だ。父が言うような幸せを、彼と築けるはずもない。

お父さん、お母さん、ごめんなさい。私は愛されてなんかいないの。彼は、私に同情しただけなの。

そう打ち明けられたら、どんなにいいだろうか。松雪さんにも嘘をつかせないで済むのだから。

母の部屋に移動して彼女の若い頃のスカートをはき、薄化粧を施される。淡い桃色のフレアスカートは、思いのほか似合っているような気もする。髪も軽く巻いただけで、ずいぶん印象が柔らかくなったかも。

「素敵なネックレスね。彼にもらったの？」

母に聞かれ、私は赤くなってしまう。

「うん。優しい人なの。誕生日でもなんでもないのに首にかけてくれて。どうせ私には似合わないのにね」

「彼は似合わないと思ってなんかいないわ。好きな子が綺麗になるのが嬉しいのよ。

誕生日じゃなくても、あなたを喜ばせたいと思ってくれているの。とても素敵よ」

母はニコニコ笑っている。

母の話は事実とは違うけど、彼女に言われて、今日だけは精いっぱいおしゃれをしようと思った。

やがてすぐに終わる日が来る。

彼との時間が終わり、日常に戻ったら、今度こそ彼を忘れよう。

きっとできる。

それが松雪さんの望みであり、彼のためでもあるから。

## 夢子さんを幸せにします⁉［智也ｓｉｄｅ］

大きな門を見上げ、息をついた。

何代にも渡る老舗文具メーカー、ササ印の社長の邸宅ともなれば、この屋敷の規模は妥当なのかもしれない。だが予想を超えていて躊躇ってしまう。俺の実家も自営をしているのでそこそこの家だが、ここはそれを上回っているように思う。

立派な家で大切に育てられたひとり娘である彼女は勝ち気で、ふわっとした印象のお嬢さまとはほど遠い。だが、その心の奥にある純粋さは、まさに箱入り娘のものだろう。

社長は今、彼女を自分の元から奪おうとする男を、いったいどんな気持ちで待っているのだろうか。自分の息のかかった、思い通りになるであろうお見合い相手を蹴散らし、彼女と結婚したいなどと言う俺を、間違っても歓迎などしないのではないか。

そんなことを考えながらインターホンを押す。

『はい』

「松雪と申します。ご挨拶に参りました」

『えっ。松雪さん？　……ああ、会社の方ですね。お待ちください』

応答したのは母親だろうか。それか、手伝いの人か。夢子ではないのは確かだが、声がずいぶん若く感じられる。俺の名前に驚いていたような気がしたが、ある事情かそれも予測していた。

しばらくしてから、門扉が自動的に開きだした。

『お入りください』

スピーカーからの声に言われる通りに、中に足を踏み入れる。

しばらく歩くと玄関が見えてきた。玄関先に人が立っていて、すぐさまそれが社長だとわかる。手伝いの人は周囲にはいないようだ。俺は小走りでそちらに向かった。

「社長。企画課の松雪です。ご無沙汰しています」

目の前に来て改めて名乗り、深く頭を下げる。

「君だったのか。……いや、夢子から、誰なのかは聞いていなかったからね。驚いたよ。そうか、君とそんなことに」

事情により、俺をササ印で修業させてくれている笹岡社長は、俺の父の知り合いでもある。まさか俺が彼女の紹介したい男だとは思っていなかっただろう。

「このたびはお嬢さまとこのようなことになりまして、ご恩も顧みずに申し訳ありません」

「顔を上げなさい。話は家の中で聞こう。さあ、入って」

優しい声で促され、頭を上げた。俺の予想に反して、社長は嬉しそうにニコニコしている。

まさか反対するつもりはないのか。だとしたら穏便に話し合える。

修羅場になるかもしれないと覚悟していた俺は、そう悟り気持ちが少し楽になった。

「失礼します」

中に入り、ドアを閉める。正面を向いて覚悟を決め、社長のあとについて家の奥へと向かった。

リビングに足を踏み入れると、室内は家庭的な空間が広がっていた。豪華な家具が置かれてはいるが、社長夫妻が彼女を特別な環境で育てたわけではないことがわかる。

こたつの上にはみかんの入った籠《かご》があり、ほっとくつろげるようなリビング。それは一般的な家庭の様子となんら変わらない。

彼女の原点がここにあるような、不思議な気持ちになる。名家に生まれながらも控えめで、威張るような態度を見せたこともない。常に自分に厳しく、人には優しい。

「こちらへ」

社長に奥のソファへと座るように案内され、それに従う。

「夢子。松雪さんがお見えだぞ」

俺が座ると社長が大きな声で言った。

「はーい」

彼女の声がどこからか聞こえ、同時に、廊下をパタパタと走る足音がする。

「夢子、静かに歩きなさい。本当にあなたは落ち着きがないわね」

「うるさいなぁ。わかったわよ」

母親の声も聞こえ、一連のやり取りに俺はクスッと笑った。その瞬間に社長と目が合う。

「すみません。つい」

笑うのをやめて詫《わ》びると、彼は優しい笑顔で首を横に振った。

「知っての通りの騒々しい娘で、君にも迷惑をかけるよ」

「いえ。そんなところもとても可愛いですよ。迷惑だなんて思いません」

「そうか」

社長は笑顔を崩さないままでドアのほうを見た。つられてそちらを向いた瞬間、俺は驚いて固まった。

「智也さん」

夢子が立っている。驚いたのは、その姿だ。淡い桃色のミニスカートから、初めて見る彼女の素足が覗いている。さらにふわりと巻かれた髪に、薄く施された化粧。

「おお。可愛くなったじゃないか。なあ、母さん」

「モデルはともかく、私の腕がいいのよ」

彼女の後ろから現れた、柔らかな印象の母親。彼女によく似てかなりの美人だ。

夢子を見て固まっている場合ではない。慌てて立ち上がり頭を下げる。

「夢子さんとお付き合いさせていただいております、松雪と申します」

「あらあら、お顔を上げてください。そんなにかしこまらなくてもいいんですよ」

言われて顔を上げると、彼女も社長と同じように優しく笑った。

「お茶を淹《い》れますね」

「あ、お構いなく。あと、これを」

手にしていた菓子の箱を、母親に差し出す。

「お口に合うかわかりませんが」

「まあ、ありがとうございます。和菓子は皆が大好きですのよ」

母親がそれを受け取ったあと、夢子には真っ赤なガーベラの花束を渡す。

「君にはこれを。君のイメージで選んだんだ」

「えっ。お花？　可愛い……」

「君のほうが綺麗だよ。驚いた。惚れ直したよ。ちなみに花屋さんが教えてくれたこの花の花言葉は、『燃える神秘の愛』だそうだ。今日の君にとてもよく似合ってる」

俺がそう言うと、彼女は花束でサッと顔を隠した。

「そんなことを言わないでください。恥ずかしいからいつもの格好でいいって言ったのに、お母さんが着替えろって。似合わないでしょ」

「まさか。お母さまに感謝しないと。こんなに可愛い君を見ることができた。もっと見せてよ」

「やめてください。似合わないからあまり見ないで。あっちを向いてください」

クスクスと笑う俺に、社長が言う。

「いやあ、見事だ。君は女性の心を掴むのがうまいんだな。これは夢子も油断してはいられないいな。松雪くんはモテるだろう」

「とんでもございません。私には夢子さんしか見えてはいませんよ」

嘘ではなく、心からそう思う。

今までどうやってその可憐さを隠してきたのか不思議なくらいだ。やはり俺の目に狂いはなかった。君は心も身体も美しい。そこらにいる女性たちよりも、ずっと。

最近の俺は、君が男性にからかわれてしまうのも、本当は君があまりにも魅力的で、彼らが放ってはおけないからではないかと思い始めていた。鉄の鎧《よろい》で純粋な心を隠し、必死で強がりながら自分を守る君には、彼らが本気で口説ける隙がないのではないか、と。

それと同時に、女性から惚れられるのもわかる。女性は嗅覚が鋭いので、性別を超えていち早く君の魅力に気づいてもおかしくはない。

勝手にそんなことを考えるのも、まさか惚れた弱みか。

「顔を見せて。俺のためにおしゃれしてくれたの？」

そっと手を伸ばし、夢子の頭を撫でる。

「そんなふうに言わないで。恥ずかしいです」

隠れみのにされるくらいなら、花なんて贈るんじゃなかった。そう思わせてしまうほどに、ずっと見ていたい。

「ウォッホン。そろそろ話をしてもいいかな。ふたりで話すのはあとにしたらいい」

背後で社長に言われ、ハッとする。ご両親の前であることを本気で忘れかけていた。

「すみません、つい。夢子さんがあまりにも綺麗で」

慌てて言い訳をしながら社長に向き直る。

「松雪くん。聞いているとは思うが、実は夢子には縁談がある。君の考え方次第ではそれを進める所存だ。というのは、夢子と結婚する気があるかどうかということだが。この子には近い将来、会社を背負っていってもらわなければいけないからね」

俺が再びそっと腰を下ろすと、夢子が隣にちょこんと座った。

「後継者として君は申し分ない。君が夢子と本気で付き合っていくならば、このササ印をこの先も今以上に盛り上げていってほしい。後継者が一人前になり次第、私は社長職を引退して、会長としてサポートするつもりでいる」

俺たちは真剣に社長の話を聞く。ここでしくじっては引き受けた意味がない。縁談を取り下げてもらえるよう社長に頼まなくてはならない。

「単刀直入に聞こう。君は夢子と結婚するつもりでいるのか？　そうではないのなら、申し訳ないが、もう娘とは別れてもらいたい」

はっきりと言いきったあと、社長は俯くように項垂《うなだ》れた。

「娘の幸せを第一にと言いながら、親とは勝手なものだと自分でも思うよ。惚れた相手と別れて、会社のために結婚しなければいけないなど、時代錯誤だということも、もちろんわかっている」

「社長、私は——」

「だが、会社をここで畳むわけにはいかない。多くのお客さま、従業員、関係者。たくさんの人に影響することになる。君が夢子と一緒にこれらすべてを背負ってくれるならばなんの問題もないのだが。私も安心して、会社の未来を君に託せる」

隣に座る夢子を見ると、不安そうな顔で社長を見つめていた。

化粧をして美しくなったこの姿を見ながら、他の男のために踏み台になるのはごめんだ、と強く思う。誰かに君を引き渡すためにこんなことを引き受けたわけじゃない。

「夢子さんが社長のお嬢さんだと知ったとき、正直、戸惑いました」

俺が話し始めると、ふたりは俺を見た。

「ですが、今は社長のご期待に添えるよう頑張る所存です。私は本気です」

「だが、君は……」

社長の言いたいことがわかった。

「私には弟がいます。グローバルスノーは、彼に任せたらいいと思っています」

俺の話に、ふたりとも驚いた顔をする。

「智也さん……？」

眉をひそめて首をかしげる夢子を見て、さらに言う。

「俺はスポーツ用品メーカーのグローバルスノーの後継者として、研修のためにササ印に来たんだ。笹岡社長の元で勉強させてもらうために」

「待って。じゃあどうして……！」

驚愕した彼女の顔を見つめ、笑う。

金を受け取り、婚約者のフリをすることを引き受けた俺を、事情がわかって君はさらに不思議に思ったのだろう。夢子との契約が終われば、俺はどちらの後継者にもならないということになるのだから。

「いいんだ。そんなことより大切なものがあるから」

今は君に嘘だと思われてもいい。だから言わせてほしい。

社長に向き直って、真剣な顔で告げる。

「私は夢子さんを愛しています。もちろん、結婚を前提にお付き合いしているつもりです。必ず夢子さんを幸せにします。ササ印と夢子さんを、どうか私に任せていただけませんか」

はっきり言った俺を、社長と夢子、そしてお茶をのせたお盆を手にしたままの母親が唖然とした顔で見ている。

「彼女の縁談を、お断りしてもらえないでしょうか」

「グローバルスノーは？　本当にそれでいいのか。後悔しないかい」

社長がもう一度、俺の目をじっと見つめながらゆっくりと尋ねる。そんな彼を、俺は真剣な顔で見つめ返した。

「会社よりも夢子さんが大切です。それに、ササ印の業務にやり甲斐《がい》を感じています。私にはササ印でもっとやりたいことがあります」

「……わかった。縁談は断ろう。娘は君に出会えて幸せ者だ。君との交際を認めるよ。よろしく頼む」

差し出された社長の手を、強く握り返した。

今にも泣きだしそうな顔で俺を見上げる夢子に言う。

「家のことを黙っていてごめん。これでいいかな」

「と、智也さん……」

「でも。だって……。どうして？」

君が俺を受け入れなくても仕方のないこと。それでも社長には正直な気持ちを伝えたかった。幸せになってもらいたい、誰よりも。ともに未来を歩く相手が、たとえ俺ではなくても。

心からそう思った。

## 本当の気持ちは言えません［智也ｓｉｄｅ］

「では、これで失礼します。今日はありがとうございました」

玄関で靴を履いてから振り返った俺を、夢子とご両親が見送る。

「こちらこそ、来てくれてありがとう。話せてよかったよ。夢子、外までお送りしなさい」

社長に言われ、彼女は素直に俺とともに外へと出た。

「いやあ、緊張したよ。うまくやれてたかな」

俺が笑顔で振り返ると、夢子はなんと言えばいいかわからないとでも言いたげな顔で俺を見る。

「迫真の演技だっただろ。もしも俺が会社を継がなくてもよくなるなら、俳優業にでも転職するかな。きっとうまくやれそうだ」

「わ……笑えない冗談はやめてください。智也さんがグローバルスノーの後継者だと知っていたら……こんなことは頼みませんでした」

唇が震えてうまく話せない様子の夢子。彼女が考えていることは、手に取るようにわかった。

婚約者のフリが終われば、すべてが元通りになるはずだが、今回の話がきっかけで、グローバルスノーは弟が継ぐという話になるかもしれない。もしそうなれば、俺が後を継ぐことはなくなる。

「今回のことが原因で、本当に弟さんが会社を継ぐことになったりしたら……」

真剣な顔で話す夢子を見て、微かに笑いながら言う。

「本当に、もういいんだよ。どうか気にしないでほしい。確かに普通に考えれば、俺がササ印を継ぐとなれば、父は直ちに弟を後継者に変えるだろうな。だけど実は、長男だからという理由だけで社長になるのは納得してなかった面もあるんだ。俺が言うのもなんだが、弟は優秀で素質があるからね」

そこまで話してから、彼女に渡すものがあることを思い出し、ハッとした。

「忘れるところだった。夢子、ちょっと待ってて」

彼女の家の横の駐車場まで来る。彼女も不思議そうな顔をしながら俺についてくる。

俺は愛車のトランクを開けた。

「花なんかより、本当はこっちのほうがいいんだろ?」

シュッと投げたものを、彼女は咄嗟に受け取った。

「バスケットボール……久しぶりに触ったわ」

驚いたように表情を輝かせ、嬉しそうに弾んだ声で言う彼女を見て、俺まで嬉しくなる。

「グローバルスノーの新モデルだ。なにが新しく変わったのかは、俺にはよくわからないけどな」

彼女は早速ピカピカのボールを地面につきながら、俺を見た。

「これは新モデルなんですか？　そう言われてみたら、すごくいい。手に吸いつくみたい」

「それは新品だからだろ。おそらく新しい機能の問題じゃないよ」

ふたりで笑い合う。

「さすがに君の家に持って入るのはまずいかと思ってさ。俺まで社長に怒られたくはないからな」

「ありがとう、嬉しい。大切にします」

「大げさだな。ああ、そうだった。ダイヤモンドよりもボールのほうが君にとっては価値があるんだったっけ。本当に君は不思議だよな」

水を得た魚のように、彼女はドリブルをしながら俺のそばにやってきた。

「学生時代にプロを夢見ていたことがあって。禁止されなければ、きっと今もこうしてプレイしていたと思います」

「喜んでもらえてよかった。じゃあ俺はもう行くよ」

車に乗り込もうとすると、後ろから身体がぐっと引かれ、振り返る。見ると夢子が俺の上着を掴んでいた。

「どう言ったらいいかわからないけど……私もあなたに、なにかしたいです。智也さんが望むことはなんですか？　あなたの将来を大きく変えるかもしれないだなんて、本当に思ってなかったの。このまま後継者でいられる方法はないんですか。これじゃ、あまりにも……」

顔を歪《ゆが》ませて涙を堪え、か細い声で話す彼女がかわいそうになる。これからもこうして自分を責め続けるように思えた。

俺は車に乗るのをやめて、彼女のほうを向いた。どうか、罪の意識を持たないでほしいと願う。

「なにも望まないよ。君が悪いわけじゃない。俺が勝手にしたことだ」

「……お金をもっと用意したらいいですか？」

彼女が言った言葉に息を呑《の》んだ。

「これだけのことをして、あの金額では足りませんよね」

黙り込んだ俺を不安な表情で見つめる彼女を、思わず睨んだ。

「本気で言ってるのか？　もしもそうならば君には失望するよ。俺のことをなにもわかってはいないんだな」

もちろん、彼女にはなにも伝わってはいない。俺の本当の気持ちを伝えてはいないので、無理のないことかもしれない。だが、お金で解決しようとすることに、やりきれない気持ちが心に広がっていく。

「気に障ったならごめんなさい。だけど、私のせいで智也さんの未来が変わったりしたらと思うと、耐えられなくて……」

ボールを抱きしめて涙ぐむ彼女を、黙って見下ろす。スカートの下から伸びた細く白い脚がカタカタと震えていた。

「俺は決して、お金が欲しくて頼まれたわけじゃない。本当は……」

「本当は……？　なんですか？」

俺を見上げたその顔が美しいと、心から思う。

今、俺の本心を打ち明けたなら、君はなんと言うだろうか。君に惹かれている、と。

「いや。本当は……ずっと考えてた。グローバルスノーの後継者には弟のほうがふさわしいとね。そんなとき、君の話を聞いたんだ。だから協力することになんの躊躇いもなかったよ。君には幸せになってもらいたいと思ってる。もしも後継者が弟に変わっても、自分を責めないでほしい」

どうしても言えない。君が俺と同じ気持ちじゃないことを知っているせいで。きっと彼女は今、俺の本心を知れば受け入れるのだろう。断ることなどしないはずだ。それは、俺に対して申し訳ないと思っているから。

だけど俺が欲しいのは、そんな同情なんかじゃない。君の本物の心が欲しい。

「でも、私はどうしたらいいですか。とんでもないことをしてしまって、皆に迷惑をかけていますよね。どう償ったらいいのかわからないんです」

彼女の目から、はらはらとこぼれ始めた涙はあまりにも透明で、俺の中の彼女を責めたい気持ちを消していく。それは純粋な彼女の心を表しているようだ。

そうやって素直に、すべてを俺に預けたらいい。君の心の支えになりたい。

「君が誰かを好きになれる日まで婚約者のフリをするから。心配はいらないよ」

「どうして私のためにそこまでしてくれるんですか？　智也さんには関係ない理由なのに」

俺はわずかに笑いながら、彼女の目線に合わせて腰を折った。

「そうか。君はなんでも理由を知りたがるんだったな。そうだな……じゃあ、こういうことをしたいから？かな」

そのまま彼女の唇にキスを落とす。あの日と変わらずに、その唇はしっとりと俺を包む。

違うのは、うっすらと目を開いて彼女を見ると、恍惚とした表情でいることだ。俺を拒んで抵抗する様子はない。

彼女の微かな変化に期待する自分がいる。このまま、俺を好きになるかもしれない。俺なしではいられなくなるかもしれない。

だけどどうしても、『本当は君が好きだ』と言えない自分がもどかしい。

そっと唇を離し、彼女と見つめ合う。潤んだ瞳がゆっくりと瞬《まばた》きをする。

「これで納得した？」

「……わかりません。わからないことばかりで混乱します。ずっと、智也さんのことがわからないでいるの」

彼女の首にぶら下がっている、俺が贈ったネックレスをそっと触る。

「そうやって混乱しながら、よく考えるといい。こんなとき、どんなことを言ったら男が喜ぶのか」

「……どう言えばいいんですか？」

話しながら顔を再び近づけていく。

「もう一度欲しいってねだるんだよ」

唇が触れる直前で言うと、彼女は目を閉じながら小さな声を発した。

「もう一度……お願い……します」

「夢子……っ」

引き寄せられるように口づける。舌を絡ませながら、先ほどよりも、もっと奥まで。

どうしてこんなに愛おしいのか。君の唇がこの先もずっと俺のものだったなら、きっと他にはなにも望まないだろう。

激しく駆られる愛に溺れそうになりながら、それを告げることだけができない。

彼女の手からバスケットボールが落ちて、ふたりの足元に転がる。そのまま彼女の手が俺の背を這《は》い上がってきた。

そのとき、言いようのない切なさが俺を熱く包んでいた。

さらってもいいですか

お見合いさせていただきます

「本当にお綺麗なお嬢さまで。修吾《しゅうご》さんもそう思うでしょう?」

「ええ。自分にはもったいないです」

ふたりの会話を聞きながら、足をもじもじと動かす。

こんなに長い時間、正座をしたことがない。今にも倒れ込みそうになりながらも、顔だけは笑みを保っていた。

「そう言っていただけると嬉しいのですが、この夢子はどうにもがさつで。学生の頃にバスケットボールばかりしていたものですから、優雅な所作をまったく知らないんですよ」

私の隣で、父が申し訳なさそうに言う。

「そんなそんな。お綺麗で健康的で、理想のお相手ね? 前向きに考えてよろしいんじゃないかしら、修吾さん」

「ええ。もちろんですよ、叔母《おば》さん。僕もそう思います」

私は愛想笑いで顔がつりそうになりながら、もうどうでもいいと感じていた。とにかく早く足を崩したい。

「修吾さんに、礼儀作法を教えていただかないとならないな。夢子」

「ええ、そりゃもうぜひ。お願いします」

ざっくり答えながら目で父に訴える。

長時間の正座に耐えられる方法を、礼儀作法と一緒にぜひとも習いたい！　もう無理！　足がしびれて動けない！　お父さん、なんとかして！

「あら、そんな。おーっほっほ」

向かいに座る叔母さまが声高らかに笑うのを皮切りに、そこにいる全員が笑いだした。父も私の訴えに気づかない。

私も口に手を添えて一緒に笑おうとした瞬間、悲劇が襲った。

「あらまあ！　夢子さん！　どうなさったの？」

ドサッと後ろにひっくり返ってしまった私を皆で驚いて眺めているのが、転がる瞬間に見えた。

「夢子！　なにをしているんだ！」

父が焦ったように言う。

私は天井を見ながら、とうとうやってしまった、と頭が真っ白になっていた。

「ぶ……っ。くくくっ」

私の姿を見て、正面に座る松雪さんが笑いを堪えているのが聞こえた。

……やっぱり似ている。笑いを堪える声が、あの日と同じだ。

私が会社で沢井さんに告白されたときのことが思い起こされる。松雪さんは自販機の陰でお腹を抱えていた。

今ここにいる男性も、松雪さん。ただ、彼ではない。彼の弟の修吾さんだ。

私は成人式のとき以来着てはいなかった着物に身を包み、この場に臨んでいた。


『先方にお見合いをお断りしたら、非常に残念がっていたぞ。松雪くんの弟さんの修吾さんがどうやらお前を知っているらしくてな。気に入っていたらしい』

数日前に父に言われ、首をかしげた。彼の弟さんに会った記憶などなかったからだ。

『弟さんに会ったことがあるかな……覚えてないんだけど。なんで私を知ってるのかしら。それより、どうしてお見合い相手が弟さんだと彼に言わなかったの？』

彼は出張で、あれ以来顔を合わせてはいなかった。

『ああ。別に深い意味はない。どうせ断るなら関係ないだろう？　あの日はお前たちの話を聞きたかったから、見合い相手について話題にする必要もなかったしな』

『そっか。まあ、そうだね』

『いずれ松雪くんも、自分の弟さんと夢子に縁談があったと知ることになるかもしれないがな。なにか聞かれたら答えればいいだけのことさ』

そのときは、父の言う通りだと思っていた。どうせ弟さんとは会うこともない、と。


むっくりと起き上がった私は、もう取り繕っても仕方がないと諦め、私を見る一同に言った。

「すみません、足がしびれてどうしようもなくて。普段はまったく正座なんてしないですから。いやあ、思っていた以上に過酷ですね！　なめていましたよ。もうちょっといけるはずだったんですけどね」

頭をかきながら、「あはは」と笑ってごまかす。

「ぶっ。……いや、失礼。でも……あんな……わははははっ」

修吾さんは私を見ながら、とうとう大きな声で笑いだした。

「修吾さん、ちょっと。失礼でしょ」

彼の隣にいる叔母さまが、さすがに気まずそうな顔をしている。

「あの、笹岡さん。私たちは席を外しませんか。おふたりで過ごされたほうがいいですわ。笹岡さんと今後のお話なんかもしたいですし」

「あ、ああ。そうですね」

彼が笑うのをやめないのでさじを投げたのか、叔母さまは父を誘いだし、ふたりで部屋を出ていく。

私は涙を浮かべながら笑う彼と、ふたりきりにされてしまった。

「あのー、修吾さん」

「ははは。ごめん、止まらな……っ。あははっ」

声をかけてもなかなか笑いが止まらない。

仕方がないので、彼が落ち着くまでと思い、私は目の前の和菓子を食べ始めた。

あら、美味しいじゃない。さすがにいい材料を使っているわね。

そんなことを思いながら、もうひと口。柔らかな甘みが口に広がり、うっとりする。

どうせなら高級和菓子を楽しもう。こんなに素敵な料亭になんて、もう来る機会はあまりないだろうし。このあと、お昼ご飯も出るかしら。そうだとしたらやっぱり懐石よね。

目の前の彼のことを忘れて、食べ物のことばかり考える。

「君は本当に自分を飾らないんだね。よかったら俺の分もどうぞ。ははっ」

　自分の前に置かれた和菓子を、私のほうにずいっと差し出す彼を見た。ようやく少し笑いが収まったようだ。

「今日は無理を言って来てもらってありがとう。助かったよ」

「むぐっ。ぐへっ。……べ、別にいいですけど。おほほほ」

　餅を飲み込み、口をそっと拭うと、お上品に笑ってみた。

「ぶはっ。そういうのはいいから普通にしてて。叔母さんもいなくなったしさ。これ以上はまたおかしくなるからやめてよ。笑ってしまう」

　なによ、失礼ね。そう思ったが口にはしなかった。

　笑い上戸なところと細かい表情が、智也さんにそっくりだ。かしこまった顔も、にこやかに話す顔も、その笑顔も。ここにいるのが兄の智也さんだったとしても、おそらく同じ反応をするのだろう。

「叔母さんがうるさくてさ。一回誰かと会わないと次々に縁談を持ってくるからね。君のことは知ってたから、ちょうどよかったよ」

　そう。会わないはずだった修吾さんと、こうして過ごしているのには理由がある。

　この事態を回避するため、智也さんに恋人のフリをしてもらったのだが、お見合い相手である修吾さんが、ぜひともお見合いをしてほしいと私に頼んできたのだ。会って話を聞くと、ある事情から、お見合いをしなければならない状況だとわかった。彼が本気で結婚することを考えてはいないのならば、困っているようだったから助けようと思ったのだ。

＊＊＊

父がお見合いを断った翌日、修吾さんはササ印へとやってきた。

「笹岡さん、お客さまが受付にいらしているそうですよ。今、受付から連絡がありました」

「え？　誰だろう」

「わかりません。グロー？なんとかの方だとか。取引先じゃないですか？　松雪さんが今週は出張なのを忘れて約束していたとか」

「そんな話は聞いていないけどなぁ。会社名くらいきちんと聞かないとダメだよ。とりあえず行ってくるわ」

仕事中、隣のデスクの後輩と話しながら考えてみたが、来客の予定などなかった。不思議に思いながら受付ロビーに向かう。

「お待たせいたしました。企画課の笹岡です」

椅子に座って待つ男性の背後から声をかける。

「笹岡さん？　やあ、来てくれてありがとう」

振り返り立ち上がった彼は、なかなかの美男子だ。智也さんと同じように、長身の私を悠々と見下ろせる、さらなる長身タイプの数少ない男性だった。

「申し訳ありませんが、課長の松雪は出張中でして。私でよろしければご用件をお伺いします。お約束されていましたか？」

彼を見上げながら、マニュアル通りの対応をする。

「約束なんてしてない。兄さんに会いにわざわざ来ないよ。君に用があるんだ、夢子さん」

「えっ」

どうして私の名前を知っているのか。しかも〝兄さん〟ですって？　ということは……。

「ひどいな。会わずにお見合いを断るなんて。俺は君と会うのを楽しみにしてたんだよ。俺に興味すら湧かなかった？　せめて会ってから考えてよ」

妙に馴れ馴れしい人だと思ったが、そこに突っ込んでいる暇もない。

「まさか、あなたは……お見合い相手の？」

「そう。君の婚約者になる予定だった、松雪修吾です。兄がお世話になってます」

ニッコリと笑う彼を、唖然としながら見つめる。

「あはは。その顔は困ってるね。相変わらず面白いね、夢子さんは」

相変わらず？

その言い方に違和感を覚える。いつ話したことがあるんだろう。

「どこかでお会いしましたか？　そういえば父も、松雪さんは私を知っていると言っていましたが。ごめんなさい。お会いした記憶がないんです」

「その話はあとでいいから。とりあえずは俺の話を聞いてもらえないかな。困ってるんだ。君に助けてほしい。ダメかな？」

彼は眉尻を下げ、本当に困った表情になった。


よくわからなかったが、智也さんの弟さんだし、とりあえず話を聞くくらいならと思い、彼と近くのカフェに移動した。

「父と叔母がさ、代わる代わる見合い話を持ってくるんだよね。どうやら俺が落ち着かないのが気に入らないらしくて。身を固めろとうるさいんだ」

「はあ。そうですか」

カフェに入り席に着いた途端、彼は身の上話を始めた。

「父は、自分はあまり身体が丈夫なほうじゃないと言っててね。あ、病気ってわけじゃないんだけど、早く安心したいらしくて、俺たち兄弟がそろそろ一人前になることを望んでるんだ。ピンピンしてるから、そんなことをまだ考えなくてもいいのにさ」

顔はよく似ているけれど、私の好きな智也さんとはずいぶんタイプが違う。

落ち着いた雰囲気の智也さんとは真逆で、初対面なのに軽快によく話す。まるで昔から知り合いだったような気さえしてくるから不思議だ。

「父の気持ちもわかるけど、女性と遊べるのも今のうちでしょ。俺がなにをしてようと、誰にも迷惑はかけてないしね」

「まあ、そうですね。遊びであると相手の方も納得しているのなら。一人前になるのは、遅いよりは早いほうがいいとは思いますけど」

なんとなく、私の置かれている状況と被る。彼の意思とは関係なく、周りが結婚を急《せ》かしているようだ。

「もちろん彼女たちは納得してるよ。俺も今のライフスタイルをまだ崩したくはないんだ。だけど父は、次の見合いを決行できないと、勝手に結婚相手を選ぶって言うんだ。俺がそもそも見合いなんかする気はないんだろうって疑っててね。まあ、それは間違いではないんだけど。その運命の見合い相手がたまたま君だったんだよね」

「修吾さんは、どうして私を知っているんですか？」

「君が前に、兄さんとふたりでいるときに会ったよね。君はあの威圧的な兄さん相手に、歩道の真ん中で言い合ってた。俺でもそれはできないよ。兄さんにはなぜか逆らえなくてさ」

彼が話しているのはいつのことだろう。目を天井に向けて考える。

「あ。まさか、駅前でのことですか？」

ふと思い出した。智也さんと外回りをした帰りに、修吾さんが話しかけてきたときのことを。

あの日は、智也さんと文具店のディスプレイを視察したあと、その配列について意見が分かれた。帰りに人目もはばからず大声で言い合っていると、修吾さんが現れたのだ。

言い合いをやめ、一時休戦となり、出会った修吾さんとは短い挨拶とほんのわずかな会話を交わした。智也さんの友人かなにかだと思い、適当に話を合わせた。そのときのことは一瞬だったので、まったく頭から消えていた。

「俺は綺麗な人だなって思ったから印象に残ってたのに。君はまさか、本当に俺のことを忘れてたの？」

「すみません。弟さんだなんて聞いていなかったので。あのときは松雪課長に対して悔しい気持ちしかなくて、それで頭がいっぱいでした。私の意見を真っ向から否定されたから面白くなかったんです」

綺麗な人だなんて。女性の褒め方は智也さんと同じだ。不思議な気分になる。

「お見合い当日に俺と会うだけでいい。頼むよ、夢子さん。父と叔母を納得させたいんだ。俺だってお見合いをする気はあるんだ、と。すべてが終われば君から断ってくれていいから。君に彼氏がいることは笹岡社長から聞いたけど、俺たちの話は誰にも言わない。内緒にするから彼氏にもバレないよ。お願い！」

いきなりバタッとテーブルに頭をつけて彼が言う。

この人も、少し前の私と同じ気持ちなのだろう。周囲からの圧力が、自由であることを許してはくれない。

「わかりました。会うだけならいいですよ。でも、彼を父に紹介したあとなんです。父が納得しますかね？　うまくいく気がしません。今さら私が急にお見合いをしたいだなんて言いだすのは変ですし」

その偽りの彼氏がお兄さんであることは、修吾さんには言わなくてもいいだろうか。考えていると、彼がさらに提案してきた。

「俺のほうから、どうしても一度君に会わないと納得できないとごねてみるよ。会うだけだから大丈夫だろう。笹岡社長にはうまく言うから」

数時間会って、彼のお父さまと叔母さまを納得させるだけの席。終わり次第断る。それなら、なんの問題もない気がする。

「わかりました。父が変に思わないようでしたら行きます。あなたの気持ちはよくわかります。私だってそうですから。後継者だからと言われ、お見合いを勧められたんです」

彼の境遇が自分と重なり、どうしても放ってはおけなかった。私はお兄さんである智也さんに助けてもらったのだから、私も弟さんを助けたい。

「もちろんお礼はするよ。助かる、ありがとう」

「お礼なんていりません。松雪課長にはお世話になっていますから、それだけで充分です」

「兄さんは兄さんだ。それは俺には関係ない。まあいいや。お礼については、いずれまた」

この人に、彼氏の役をお兄さんにしてもらっていると告げたら、どんな反応をするのだろうか。

私を軽蔑して、嘘のお見合いを頼むことをやめるかもしれない。そしたら彼は婚約者を勝手に決められてしまう。そう思うと、本当のことが言えなかった。


それから父は、彼から再びのお見合いの申し入れを受けて、案外あっさりと承諾した。彼はよほどうまく言ったのだろう。

「まさか修吾くんがそこまでお前を気に入っていたとはな。どうする？　お前がいいなら、会ってみたらいい。先方が乗り気な話を会わずに断るのも申し訳ないからな」

私は考えていた答えをそのまま伝える。

「じゃあ会ってみようかな。あんまり失礼なこともできないしね」

私の答えに、父は違和感を覚えなかったようだ。

「そうか。では、そうしよう。断って松雪くんと結婚するにしても、修吾くんはいずれは家族になる人だ。ところで、松雪くんには見合いをすると言うのか？」

「余計なことは言わないでおこうと思うわ。彼に迷惑や心配をかけたくないの」

「そうだな。夢子が言うように、心配をかけるだけかもしれないな。父さんもなにも言わないよ。お前に任せる」

心配どころか、智也さんにとっては、私がお見合いをするのはどうでもいいことだろう。むしろ、うまくいけば喜ぶのかもしれない。自分の肩の荷が下りるのだから。

そもそも本当の彼氏ではないので、いちいち『結局お見合いしますけど心配しないで』だなんて伝えるのもおかしな気がした。

＊　＊　＊

そんないきさつから、こうして修吾さんとお見合いの席で会うことになったのだ。

「いやあ、しかし今日は本当に助かったよ。しばらく叔母も静かにしてくれるだろう」

彼は、やれやれとばかりにお茶を飲んだ。

「いいんです。お役に立てたならよかったです。修吾さんの気持ちが私もよくわかったので。無理やり結婚なんて納得できないですよね」

ようやく緊張が解け、彼につられるようにお茶に手を伸ばした。

「ところでさ、どうして君は普段は化粧をしないの。今の君はいつもとは別人だよ。綺麗なのにもったいない」

「似合わないからですよ。松雪課長も、もっとおしゃれをしたほうがいいっていつも言いますけど。まあ、お世辞だと思いますがね」

ゴテゴテと派手な柄の着物と、髪に無理やり挿してあるかんざし。顔は化粧で真っ白で、七五三みたい。

こんな私を見たら、智也さんも会社の皆もおそらく卒倒するだろう。そう考えるとなんだかおかしくなってきた。

ひとりでクスクス笑いだした私を、修吾さんも楽しそうな笑顔で見つめる。

「兄さんは君がお気に入りみたいだね。彼は女性におしゃれをしろだなんて言う人じゃないんだけどな。恋愛や女性はどうでもいい、むしろ面倒だと思うタイプだよ」

「だけど会社ではモテていますよ。松雪課長に憧れている子も多いですし。女の子たちとたくさん遊んでいる噂を聞いて、私もそうだろうと感じていたんですけど、本人は違うって言っていました。女性に対して面倒くさがりなのは間違いないですね」

彼を思い浮かべると、自然と顔が緩んでくる。

今頃、出張先で打ち合わせ中なのかな。まさか私が有休を取って弟さんとお見合いしているとは、思ってもいないだろう。

「そうなんだよ。そんなふうなのに昔からよくモテるんだ。誰になにを言われても飄々《ひょうひょう》としててさ。俺からすると悔しいんだよな。……君も兄さんが好きなの？　そんな表情をしてる。俺、わかるんだよね」

「ぶっ！」

　思わずお茶を吹き出した。

「あっ！　すみません、かかりませんでした？」

　焦りながらおしぼりでテーブルを拭《ふ》く。

「大丈夫だよ。図星か、わかりやすいね。兄さんのそばにいる女性はたいてい彼に惚れるからさ。珍しいことじゃない。君も例外じゃないだろう」

「いや！　あの、私はそうじゃないですよ？　私が話したのは、あくまで会社の子たちの話で」

　動揺してしまい、オロオロする。

　これじゃ、その通りだと言っているようなものだ。

「ねえ。夢子さんは、兄さんを想ってるのに彼氏がいるの？　彼氏のことはどう考えてるの？　まあ、誰が兄さんを好きでも仕方ないけどね。だって彼には――」

「も、もう私の話はいいですから。仮に私が松雪課長を慕っていても、相手になんてされませんよ」

「いや、違うって。俺が言いたいのは、兄さんには婚約者が――」

その瞬間、ザッ！と襖《ふすま》が開いて、ビクッと驚く。ふたりでそちらを見た。

「兄さん！」

「智也さん⁉」

そこで私たちを見下ろす智也さんの顔は、無表情だったが、怒りに満ちているように見えた。

本物の婚約者が現れました

三人でお互いの顔を見つめ合って、沈黙が訪れる。

いったいこれは、どういう状況なのだろう。

お見合いを避けるために、私の偽りの恋人を演じた上司。

その彼の弟と、実際にお見合いをしている自分。

結婚話を消すために、私に形だけのお見合いを頼んだ彼の弟。

私は悪いことをしているのだろうか。智也さんに謝るべきなのか。だけど私を好きでもない彼に、ここで詫びるのもおかしな気がする。

「兄さん。驚いたよ、急に現れるから」

修吾さんは、場の空気を和ませるように智也さんに話す。

「……驚いたのは俺のほうだ」

智也さんはぼそっと呟くように言うと、私を見た。

「着飾るように言ったのは、他の男のためにじゃない。どうしてわからないんだ」

「え?」

私は智也さんの言葉の意味がわからなかった。ただ唖然とするしかない。

「なにがどうしてこうなったんだ？　説明してくれないか。この状況を回避したかったんだろ。君はなにがしたいんだ」

次第に彼の目つきが、睨むような視線に変わっていく。

「あ……あの、智也さん」

まずいと思い、言い訳をしようとしたが、修吾さんがそれを遮る。

「いいよ、夢子さん。なにも言わないで」

修吾さんを見ると、彼はムッとした表情で智也さんを見上げた。

「気に入らないな。どうして兄さんが怒るのか、よくわからないよ。彼女はただの部下だろう。俺と見合いをしてもなにも問題はないだろ？　まさか、部下まで自分の女だと言うつもりか」

「修吾。なにが言いたい？」

徐々に険悪になっていくふたりの雰囲気に、私はひとりでハラハラしていた。ふたりを交互に見る。

「桃華《ももか》だけじゃ満足しないのか。兄さんは欲張りだな」

修吾さんが言った言葉に、智也さんの顔つきがさらに険しくなる。

「桃華は俺とは関係ない」

ももか？　いったいなんの話だろう。私はふたりの次の言葉を待つ。

「関係なくないだろ！　桃華は兄さんの婚約者なんだから！」

修吾さんが智也さんを睨みながら立ち上がった。私は驚いて、目を見開く。

「それは父さんが勝手に決めたことだ。俺は桃華とは結婚しない」

「勝手になんでも決めるのは兄さんのほうだろ。兄さんが桃華と結婚しなかったら、グローバルスノーにも影響が出る。兄さんがひとりで決めていいことじゃない」

「『直江《なおえ》ゴム』にはきちんと話すつもりでいる。わかってくれるはずだ。直江社長が娘のためを思うならな。親なら愛のない結婚をさせることはしないはずだ。うちの父さんだけは違うみたいだが」

ちょっと待って。智也さんに婚約者？　結婚が会社に影響？

ふたりの会話を聞きながら、顔面蒼白《そうはく》になっていた。

「あ……夢子さん。ごめん、君がいるのについ」

そんな私に気づいた修吾さんが、話をやめて座り直した。

「もういいから、兄さんは出てってくれ。俺は夢子さんと話があるから。夢子さんに関係のない話は、またあとで」

「話なんか必要ない。夢子は俺の女だ。出てくよ、夢子と一緒にな」

智也さんは私の腕を引っ張り、立たせると、私を連れて部屋を出ようとした。

「俺の女だと？　まさか、夢子さんの恋人って……」

なにかを悟ったように、座った状態で私たちを見上げる修吾さんに、智也さんは足を止めて振り返らないまま言う。

「夢子と結婚するのは俺だ。お前じゃない」

「兄さん！　正気なのか？　桃華はどうなるんだよ」

修吾さんの問いに答えないで、智也さんは私の手を引き、歩きだした。

襖を閉めて廊下に出る。フーッと大きなため息をついて、彼は私を見た。

「説明してくれ。見合いはしないんじゃなかったのか。そのためにいろいろしてきたんだろ？」

「あの……どうしてここに？」

彼の問いには答えず、聞き返す。

「出張が早く終わったから、予定を大幅に切り上げて帰ってきた。会社に戻ると君が有休を取ってたから、自宅に帰る途中で社長への土産《みやげ》を持って君の家に行ったんだ」

彼の説明をそこまで聞いて、私がここにいることを母が彼に話したのだとわかった。

母にはお見合いとは言わなかったが、仕事で父とこの料亭に行くと話してある。接待だと言って着付けをしてもらった。

「ここに入ってすぐに、叔母と笹岡社長が一緒にいるのを見て、これは見合いだと悟ったよ。まさか君の見合い相手が修吾だったとは驚いたがな。叔母は修吾の縁談で頭がいっぱいだから、間違いないと思った。彼らにバレないようにここまでたどり着いた」

ネクタイを緩めながら歩く彼は、疲れた表情をしている。ここまで慌てて飛んできたのだろうか。

なんのために？　お見合いの理由を知るためだけなのだろうか。

「あの、智也さん」

「今度は俺の質問に答えて。夢子はなにがしたいの」

もっと聞きたいことはあるが、冷静に彼の問いかけに答える。

「修吾さんは……結婚を急かされて困っていました。あなたが私を救ってくれたように、私も彼の力になろうと思った。それだけです」

「俺と別れて、修吾と付き合うつもりということか？」

「私と智也さんはお見合いのフリをしただけで、付き合ってなんかいません。確かに説明不足でしたけど、私がどうしようと智也さんが困ることはないですよね」

立ち止まり、見つめ合う。

本当は今すぐに、あなたが好きだから私だけのものになってほしい、とすがりたい。偽物なんかより本物になりたいと願っているのは、私だけなのに。

「智也さんには婚約者がいるんですね。このまま恋人のフリはここで終わりにしましょう。契約は終了です。私も修吾さんとのことを真剣に考えてみたらいいのかもしれません。実際にお会いすると、とてもいい人だったので。彼となら望んでいた恋愛ができそうです」

真剣な顔で私を見つめる彼の目が、一瞬揺れたように感じた。

だけどきっと、動揺しているわけじゃない。こんな瀬戸際でまで彼の反応に期待する自分が虚《むな》しく感じられる。

「勝手なことを言うな。ダメに決まってるだろ。まだ……終われない。この先、修吾と会うことは許さないから」

智也さんの言い方に、怒りでカッと顔が火照《ほて》る。

「確かに、智也さんに黙ってお見合いをしたのは悪かったです。でも、婚約者がいるだなんて聞いていません。たくさんの人を傷つけてまで、こんなことがしたかったわけじゃないんです」

「夢子！」

逃げだそうとする私の両手首を、彼が掴む。そのまま壁に押しつけられるようになりながらも、私は抵抗をやめなかった。

「離してください。私を好きなわけでもないのに、智也さんは勝手です。修吾さんの言う通りだわ」

「落ち着けって。夢子」

「嫌っ！」

突然、ぐっと塞がれる唇。

私はなにも言えず、彼にされるがままになってしまう。

もうダメだ。こんなふうにされたなら、私の強がりなどすべてが消え失せてしまいそうになる。彼に婚約者がいても、恋人である日常が嘘であっても、私が彼を好きなことだけは事実だから。

「ん……っ。と……もやさ……」

掴まれた手から力が抜けていく。

あなたはどうして私にこんなことをするの？　このままいっそ、切り捨ててくれたらいいのに。

私の精いっぱいの強がりを聞き入れて、私から離れてほしい。そうしたなら、お金だけの関係だったと割り切れる。

そっと離された彼の唇が濡れて光るのを見ながら、私は息を切らしていた。とろけるような感覚が全身を駆け巡り、朦朧《もうろう》とする。

私を見て、彼は微かに笑った。

「ようやく可愛くなってきたな。親の決めた婚約なんて形ばかりのものだ。俺が望んだことじゃない」

「……相手もそうだとは限らない。そう思っているのはきっと、智也さんだけですよ」

私が言うと、智也さんは魅惑的な笑顔を見せる。

「桃華のことが気になるか？　俺は気になったよ、君が修吾を好きになるんじゃないかってね。だから慌ててここまで来たんだ」

「……どうして気にするんですか」

「これ以上言わせたいか？　少なくとも俺は、君に女性らしさが欠けてると感じたことはない。何度も言うが可愛いと思ってる。……こんなに着飾った姿を、他の男に見せたくはないんだ」

「それって……」

私が話そうとした瞬間、パタパタとこちらに向かってくる足音が聞こえた。

「智也さん！　これはどういうこと？」

ふたりで声のしたほうを見ると、髪の長い女性がこちらを見ていた。

「桃華」

智也さんの呟きに、ハッとする。彼女が先ほど話の中に出てきた彼の婚約者らしい。

「この人は誰なの？　修吾さんのお見合い相手なんじゃないの？　どうして智也さんと一緒にいるのよ」

私は彼からサッと離れると、改めて彼女を見た。

サラサラと垂れた長い黒髪は清楚《せいそ》で美しい印象。色白で、はっきりした目鼻立ちの、可憐なイメージの女性。

シンプルなワンピースに、首から下がる長いネックレス。私とは明らかに違うタイプの、お人形みたいに可愛らしい人だ。

「あなた、智也さんと修吾さんを天秤《てんびん》にかけるような真似《まね》をして恥ずかしくないの？どうしてここでふたりが一緒にいるのか説明してよ」

その綺麗な瞳から私に向かって放たれる視線は、敵意に満ちている。

「天秤だなんて。誤解です」

　否定すると、その目つきはさらに鋭くなった。

「誤解ですって？　修吾さんとお見合いをしておきながら、智也さんとキスをしていたのに？　智也さんは私の婚約者なのよ。誘惑しないでほしいわ」

　カタカタと全身を震わせながら必死で訴える彼女を見て、私はなにも言えなかった。

　私もそんなふうに言ってみたい。あと少しの勇気と、女性としての美しさがあれば、私にもできたのだろうか。

「桃華、あっちで話そう。夢子、悪い。少し席を外す」

　智也さんは私からスッと離れると、今度は彼女の肩を抱いて歩きだした。

　ふたりの後ろ姿を見ながら、私はどうしようもない罪悪感に見舞われていた。彼女に言われた言葉のひとつひとつが心に刺さって、ここから動けないでいる。

　さっき智也さんは、私になにを伝えたかったの？　以前、私に対して、好きな人ができるまで恋人のフリをすると言ったことを守りたいだけ？

　金額に見合った仕事をしようとしているだけなのだろうか。だから私が自信を持てるように、『可愛い』と繰り返すのだろうか。

　だけどもう私は、フリだけでは満足できないでいる。今のうちに身を引かないと、もっと多くを彼に求めてしまう。

どうせ叶わない恋ならば、すべてを忘れてしまいたい。引き返せるうちに、できるだけ早く。

あなたの優しさを記憶の彼方《かなた》に押しやり、二度と好きだなんて思わないように。

# もう我慢できません

「ほら、俺の言った通りだったでしょ。兄さんには婚約者がいるって」

呆然とする私の背後から声がかけられ、振り返る。

そこには修吾さんが、歩き去るふたりを見ながら立っていた。

「桃華には昔から兄さんしか見えてない。兄さんだって、六つも年下で、自分を慕う桃華が可愛くて仕方ないんだ。あのふたりの婚姻は会社にもメリットがあるから避けられないんだよ。桃華の家の直江ゴムは、グローバルスノーの製品材料の大半を生産してる。合併すれば、会社は互いに大きな利益を生むんだ」

智也さんと六つ違いということは、桃華さんは二十三歳。若くて可愛い彼女と私とでは比べるまでもない。

「私は智也さんとは結婚しません。実は……お見合いを避けるための口実だったんです。恋人のフリをしてもらっただけなので、智也さんが桃華さんと婚約していても問題ありません」

私の話を黙って聞いていた修吾さんは、しばらくしてから私を見て心配そうな顔をした。

「……問題はあるんじゃない？　君が兄さんを好きならね」

それを聞いた途端、心の奥にため込んでいたものが、一気に溢れるような感覚になった。

「夢子さん……君は……」

私を見ながら、修吾さんは再び黙った。

涙が頬を伝い、顔がくしゃっと歪む。

もう、いっぱいいっぱいで、どうすることもできない。どこでなにを間違えたのかも、これからどうしたらいいのかもわからない。ひとつだけわかるのは、智也さんがさらに手の届かない人になったということだ。

抱きしめられたり、キスをされたりするたびに想いは深くなり、泥沼にはまっていくように恋に溺れていく自分を止めることなんてできなかった。

もしかしたら彼も、私と同じ気持ちでいてくれているような気がしてならなかった。婚約者がいるとは考えもしなかった。

「彼との時間を過ごすために、彼を縛りつけていたのかもしれません。だとしたら私は、智也さんにとって迷惑なだけの存在です。そうだという自覚はあったんですけど」

自分を否定しても、正当化されることなどないのはわかっている。私がしたことは、智也さんにとってはマイナスでしかない。

「考えすぎだよ。少なくとも兄さんは、迷惑だなんて思ってはいないはずだよ。兄さんを見てるとそんな気がする」

顔を上げて修吾さんを見る。深い茶色の瞳が、私の目の前で輝いていた。智也さんの瞳の色と同じだ。それは、兄弟とはこんなに似ているのかと思わせるほどだった。

これから修吾さんを好きになることができたなら、今抱えている苦しい気持ちは軽くなるんじゃないかと感じる。修吾さんを智也さんに対する気持ちと同じくらい愛せる気がしてくる。

でも、たとえどれだけ似ていても、智也さんじゃないとダメだ。どうしても心の中から彼が消えていくと思えない。

「部屋に戻ろうか。昼ご飯が運ばれてるはずだ。少し食べて元気を出そうよ。お腹が空いたから余計なことを考えるのかもな」

そっと肩を抱かれ、促されるままに歩きだした。

部屋に戻ると、懐石の膳が用意されていた。あんなに楽しみにしていたのに、食欲が消え失せている。

「お。うまそうだ。座って食べようよ」

修吾さんは私を座らせると、自分の席に戻り、美味しそうに食べ始めた。それをぼんやりと眺める。

「少しは落ち着いた？　驚いたよ、急に泣きだすから。……ねえ、夢子さん。このお見合いだけど、前向きに考えてみないか」

彼の提案に驚いて、我に返った。

「な……？　え？　前向きに、ですか」

「うん。君と過ごして、もっと君を知りたいと思ったからさ。兄さんが君を気にかけてた理由がわかったよ。君には純粋で可愛い魅力があるんじゃないかってね。それに、ササ印を継ぐことにも、実は前々から少し興味があったんだ」

「グローバルスノーよりもですか？」

私が聞くと、彼はニコニコしながら言う。

「最近さ、兄さんがあまりにも楽しそうでね。業種が違うから正直よくわからないんだけど、もしかしたらササ印にはグローバルスノーにはないなにかがあるのかも、なんて思ってさ」

私は髪に挿していたかんざしをスッと抜き、束ねていた髪をくしゃくしゃと乱した。

「夢子さん？」

「私は普段、会社では女扱いされない男オンナです。髪型も特に気にかけたことはないんです。私服のスカートも一枚も持っていません。女の子から告白されてしまうほどに、男勝りなんです」

唖然と私を見る彼に、さらに言う。

「男性社員にも堂々と言い返すし、男の人と付き合ったこともない。学生時代のあだ名はずっと〝王子〟でした。特技はバスケットボール、趣味はランニングです。私と結婚しても、修吾さんが得することはきっと、うちの会社のこと以外はなにひとつありません」

あとで幻滅されるくらいなら、初めから潔く伝えたほうがいい。そう思い、改めて一気に自己紹介をすると、サッと立ち上がった。

「修吾さんがお付き合いしている女性たちとは、明らかに違うタイプのはずです。恋人のコレクションのひとりにもなれません」

女性と遊びたいから独身でいたい、と考える彼の役には立てそうもない。

それに、ササ印を継ぐことだけが修吾さんの目的ならば、なんのために智也さんに協力してもらったのかわからない。私の望みは普通の恋愛をすることなのだから。

『誰かを好きになれる日まで婚約者のフリをするから。心配はいらないよ』

智也さんに言われた言葉が心に沁《し》みている。

確かに彼を好きだった。初めて本気で男性を欲しいと思った。その想いが彼には届かなくても、せめてこんな形で終わりたくはないのだ。これは、最後のプライドなのかもしれない。

「ちょっと待って。彼女たちは単なる遊び仲間だよ。恋人のコレクションなんかじゃない。昔、荒れて遊んだ時期もあったけど、今はないよ。ちょっと大げさに言ったんだ。君に手を貸してもらうためにさ」

言いながら修吾さんも立ち上がる。そのまま私のほうへと歩いてきた。

「だからさ、そういうところが面白いんだよ。君はまっすぐで嘘がない。今日だけで終わりにするのが惜しくなったんだ」

私の手をそっと握ると、彼は腰を折って目線を合わせてきた。

「着物がとても似合ってる。君を男勝りだとは思わない。可愛いと思うよ」

彼の言葉が、いつかの智也さんの言葉と重なる。智也さんを思い出しただけで目が潤んできて、視界が微かに霞《かす》んだ。

「そんなにつらい恋はしなくてもいい。婚約者のいる男なんて忘れてしまえばいいんだ。俺が兄さんの代わりになるからさ」

顔が徐々に近づいてくるが、足がすくんで逃げだすこともできない。

――バンッ！

「待てっ！」

……またしても、いきなり開いた襖の奥には智也さんが立っていた。

「お前が俺の代わりなんてしなくてもいい。この契約は終わらないから」

息を切らせて智也さんが言う。修吾さんは呆れた顔でため息交じりに彼を見た。

「……なんなの、本当に。兄さんは偽物の恋人だろ？　いい加減に桃華とのことを真剣に考えろよ。あいつは本気で兄さんを好きなんだからさ」

「お前こそ本気でそう思ってるのか？」

智也さんが修吾さんを睨む。

「桃華が好きなのはお前だ。お前がフラフラしてるから振り向いてほしかったんだよ。俺と婚約したのもお前への当てつけだ。本当にわからないのか？」

修吾さんは一瞬目を見開いたあと、智也さんを睨み返した。

「適当なことを言うなよ。兄さんは夢子さんを取り返したいだけだろ？」

「じゃあなんで、桃華がお前の見合いの場所にわざわざ来るんだよ。どうなるのか気になってたからだろ？」

　私はやはりなにがなんだかわからず、黙っているだけ。

　智也さんの婚約者が、修吾さんを好き？　どういうことなの。

「お前たちは不器用だ。お前は女遊びに興じて、桃華は俺との結婚を早めたがる。お互いに当てつけ合って誤解し合ってるんだよ」

「そんな。そんなわけ……」

　修吾さんは急に勢いをなくし、オロオロと目線を泳がせた。それに対して智也さんは絶対の自信があるのか、修吾さんから目を逸らさなかった。鋭い眼光を修吾さんに向け続ける。

「グローバルスノーの後継者は、俺じゃなくて修吾だ。そうしたかったんだろ？　お前の望みはわかってた。桃華と結婚して後を継げばいい。俺は他の道を行くから」

　前に彼が言った言葉が思い出される。

『長男だからという理由だけで社長になるのは納得してなかった面もある』

　……そういうことだったのか。桃華さんと修吾さんがうまくいくように、会社を修吾さんが継げるように、自分が後継者から外れて、修吾さんにすべてを譲るつもりだったんだ。

智也さんらしい、と妙に納得した。

「あとのことは、桃華とふたりで話し合うといい。……というわけで、夢子はもう必要ないな。俺がもらってくぞ」

智也さんは険しい顔を一瞬緩め、修吾さんにニヤッと笑いかけると、急にずかずかと私のほうに歩いてきた。そんな彼を見た瞬間、私の身体はふわりと宙に浮く。

「ぎゃっ！　なに⁉　うおー！」

「うるさい。もう少し色気のある驚き方をしろ。『うおー』じゃないよ、まったく」

ぶつぶつ言いながら、彼は私をひょいと肩に担ぐように持ち上げて歩きだした。

「なっ！　なんなの！　怖いっ！」

「着物じゃ動きにくいだろ。おとなしくここにいろ。急ぐから、少しの間我慢しろよ」

そのまま彼は外へと向かおうとする。

「ま、待って！　草履とバッグが！」

「本当にうるさいな。わかったよ」

彼は立ち止まって私の草履とバッグを掴むと、部屋を出た。

「下ろしてください！　マジで無理です！　皆見てるし！」

従業員や他のお客さんがジロジロと見守る中、堂々と通路の真ん中を歩いていく。

「ダメだ、下ろさないよ。逃げようとするから」

「逃げません！　下ろして～！」

「俺がいない間に勝手なことをしやがって。信用できるか。もう我慢の限界だ。これからたっぷりと俺の話を聞かせてやる」

怒る彼には、もう私がなにを話しても無駄なようだ。

私は下りるのを諦め、騒ぐのもやめると、彼の肩にぶら下がりながら、これからどうなるのかビクビクしていた。

「おや？　松雪くん、来ていたのか。……こ、これはいったいどうしたのかね」

そのとき、父の声がした。

私を抱える彼を見て驚いたようだ。そりゃそうだろう。

「社長。出張から早く戻れたので、夢子さんを迎えに来ました。彼女はこのままお預かりしますが、よろしいですか？　話したいことがあるので」

「お……おお、そうか。……ぶはっ。ああ、いいよ。ははっ」

父の返答に、笑いが交じっていたような。私は体勢的にその顔を見ることができないけど。

私のこの姿を見て、いい気味だとでも父は思ったのだろうか。強がって反発ばかりしてきた娘が、男の人の言いなりになる姿が面白いのかもしれない。引き止める様子もなさそう。

「あら？　智也さん。なっ、なにをしているの？　夢子さんが……！」

智也さんたちの叔母さまが驚いた声を上げている。

「こんにちは、叔母さん。理由があって、彼女を連れていきます。詳しくは修吾に聞いてください。それでは、急ぎますので失礼します」

彼が歩きだし、私は肩の上からようやく父と叔母さまを見る。

笑いを堪える父と、慌ててなにかを言っている叔母さまの顔を見ている間に、私たちは玄関の自動ドアを通過していた。

本心を打ち明けます！

# 新たな依頼です

「ぎゃっ！」

ホテルの一室に入り、ベッドの上にドサッと下ろされる。

ここは料亭の真裏に位置する、名の知れた高級ホテル。格式があって、料金が高いことで有名だ。この部屋はスイートではないと思うが、内装にかなりの高級感がある。

「ちょっと待ってろ、出てくる。すぐに戻るから」

私を見下ろしながら、智也さんは無表情で言う。

「ど、どこに行くの」

彼は私の問いかけには答えず、そのまま部屋を出ようとした。ドアを閉める直前にピタッと足を止めると、さらにひとこと呟く。

「逃げるなよ」

バタンとドアが閉まり、私は取り残された。

逃げるなと言われても、真っ赤で派手な柄の振袖だから、恥ずかしくて表を歩けそうにない。

ムクッと起き上がり、部屋にあった冷蔵庫を開け、そこに入っている水のペットボトルを取り出した。一気にゴクゴクと飲み干す。

そういえば、高級懐石を食べそびれた。あのときは食欲がなかったが、今となってはお腹がグーグー鳴り始めている。

ペットボトルをテーブルに置き、キョロキョロと部屋を見回す。豪華なベッドがふたつと大きなテレビ、鏡のついたドレッサー、テーブルとソファ。頭上にはきらびやかなシャンデリアがぶら下がっており、家具のひとつひとつに手の込んだような彫刻が施されている。隣にも部屋があるようだが、出向いて確認はしなかった。

彼はどこに行ったのだろう。ここでこれから、私になにを話すつもりなのか。

ベッドにドサッと座る。帯がきつくて着物を脱ぎ散らかしたい衝動に駆られるが、我慢する。まさかバスローブに着替えて待っているなんて、できやしないのだから。

こうして彼とホテルに入って部屋で待たされても、不思議なほど警戒する気持ちがない。彼が私に対してそんな気を起こすはずがないのをわかっているからだろう。

おそらく、あの日に交わした契約の話をするためだ。厳重に場所を選ぶのは、誰かに聞かれるわけにはいかないから。

そこまで考えてから窓のほうへと移動し、外の景色を眺める。

恋人ごっこはきっと今日で終わる。この部屋は、夜になると夜景が綺麗だろう。彼とレストランから見た夜景も、まだ私の心の中で輝き続けている。この先もずっと、あの景色は色褪《あ》せることはないはずだ。

料亭から歩く彼に担がれたまま、すぐ近くのこのホテルに入った。私を担いでフロントでチェックインする彼と、その肩の上でぶら下がる着物姿の私。周囲にいた人たちは、そんな私たちに大いに注目していた。

その光景を思い浮かべ、今さらおかしくなってくる。普通ならば何事かと思うだろう。まるでなにかのコントみたいだ。

「ふふふっ。普通は驚くよね」

ひとりで笑いながら、その一方で、修吾さんは今頃どうしているかを考える。桃華さんときちんと話し合えるといいな、と心から思う。

愛し合っているならば、手を取り合い、一緒にいるべきだ。誤解でチャンスをふいにするなんて、一生後悔してもしきれないことになる。

私もできることなら智也さんとは、修吾さんと桃華さんのような関係になりたいけれど、これればかりは願うだけでは叶わない。始まりがあれば終わりも必然的に訪れる。

今となってはそれを受け入れることしか、私に選択肢はない。相思相愛だなんて、神に選ばれたほんの一部の人だけの特権なのだろう。愛する人に愛される可能性なんて、そう簡単にあるものではない。

そんなことを考えながらベッドに戻り、ぼんやりと座っていると、だんだん眠くなってきた。

そのままドサッと仰向けに横たわると、帯の結び目が背中にザクッと刺さる。

「いてっ。もう……なんなのよ」

身体を横に向けて目を閉じた。

今の自分の格好も、ここにいる意味も、すべてがなんのためなのかわからない。

そういえば、今朝は着付けのために五時起きだったんだ。こんなにふかふかのベッドの上に寝転ぶことは、私に寝なさいと神さまが言っているようなものだ。

私の記憶は、ここまでで途切れた。


——ハッ‼

目がパチッと開いて、ガバッと跳ね起きる。

「んごっ⁉」

動揺からか変な声が出た。

「うっ！」

お腹が苦しい。なに？　あ、帯か……。えっと、ここは。

「……『んごっ』じゃねぇよ。寝起きから騒々しいやつだな」

声のしたほうを慌てて見ると、智也さんがコーヒーを片手に持ったまま、呆れた顔をして私を見ていた。

「あっ？　あれ、私？」

「疲れてたみたいだな。まあ、そんな格好じゃ無理もないよな」

ようやく頭が働いてきた。私は待たされたまま、ここで眠っていたのだ。

「何時⁉」

「二時だよ。もう少し休んでてもよかったのに。昼頃ここに入ったから、二時間しか経ってないぞ」

彼はカップをテーブルに置くと、私のほうに歩いてきた。私のいるベッドにドサッと腰かけ、その長い脚をサッと組むと、私に向かって手を伸ばしてきた。

「本当に勘弁してくれよな。お母さんから、君が着物を着て料亭に向かったと聞いたときは驚いたよ。料亭に着けば、見合い相手は俺の弟だし。夢子には本当に振り回される」

頬を優しく撫でるその手は、もうすぐ私のものではなくなる。もともと私のものではないけれど。

「お母さんは、会社の接待だなんて言ってたよ。どう考えても見合いだろ。お母さんもわかっててただろうけどな」

息を呑むほどの魅惑的な笑顔。会社とは違う甘い声。

ずっとこんなあなたを見ていたい。切なくて、心がパリンと音をたてて割れそうな感覚になる。

「君のこの姿を見られた相手が修吾でよかった。あいつになら、君を諦めるように無理にでも言える。飾っておきたいくらいに綺麗だから、当然見合い相手に惚れられてしまうと想定してた」

「修吾さんであっても、誰であっても、私を綺麗だなんて思いませんよ」

あなたの言葉はいつも大げさで、私に過度の期待をさせる。

『追加料金は取らないよ』

そう言っていた彼だが、サービスにしては少しやりすぎだと思う。いつか彼が話していた俳優業に本当に向いているかもしれない。

もうちょっとお金を出せば、まだ続けてくれないか、なんて考えてしまう。きっともう断られてしまうだろうけれど。

「さっきはひとりにしてごめん。忘れ物を取りに行ってたんだ。あとは少し買い物があって」

「忘れ物？　まさか、料亭にですか？」

私の荷物を持っていたせいなのかと考え、申し訳なくなる。

「違うよ、家にだよ。どうしても必要になって」

今、ここで必要なもの。それがなにか気にはなるが、私に関係のあるものとは思えないので聞かないことにした。

「今日はなぜ、ここに来たんですか？　話があるなら聞きます。なにもないならば、できたら着替えたいのでそろそろ帰ります。もう苦しくって」

ベッドから下りて、襟の乱れを整える。

『今日ですべてを終えたい』と言われたら、潔く了承しよう。そして、『今日までありがとうございました』と笑顔で伝える。彼が戻ったらそう言うと決めていた。

だが終わりにしてこの部屋を出たら、赤い振袖を纏《まと》ったまま帰りのタクシーに乗ることになる。この姿でホテルのロビーを歩く覚悟はまだないが、車に乗るまでに走り抜ければ、あとはなんとかなるだろう。一瞬我慢すればいいだけのことだ。そのときに会社の人に出会わないことだけを心の中で神に祈る。

「話ならある。君を寝かせるためだけに、ここに来たわけじゃない」

そうよね。はっきりさせたいはずだ。お見合いは終わったし、父の前でも恋人だと言ってくれた。彼が私のためにできる仕事は、もうなにもない。

「はい。一応、わかっています。もうきっぱり、なんなりと言ってください」

「じゃあ言わせてもらおうかな」

そこまで告げると彼は突然立ち上がり、自分のバッグをゴソゴソと漁り始めた。なんだろうと思いながら様子を見ていると、見覚えのある紙袋を取り出す。

「あ……。それ」

私が思わず呟くと、彼はそれをベッドの上にポンと置く。

「確認してくれるか。四百万円入ってる。あのときのままだ。今度はこれで、俺から君に仕事を依頼したい。ちなみに返事はイエスしか受けつけない」

「……どういう……ことですか」

なぜあの日渡したお金が、今ここにあるのか。彼はなにを考えているのだろう。

「これを取りに帰ってたんだ。ついでに、これから君に頼むことに必要なアイテムを買いに行ってた」

「頼むこと？　私にですか。……いや、だから、わかっています。きちんと終わりますよ。これは返していただかなくても、もう二度と恋人のフリをしてほしいだなんて言いません。智也さんの好きに使ってください。あなたは仕事をやり終えたのだから、遠慮はしなくてもいいんです」

　今さらだが、まだ怖いと思う自分がいる。偽りの婚約者である期間は終わったのだと、彼の口から聞きたくはない。お金を返してもらわなくても、私はちゃんとわかっているると言いたかった。

「ああ、そうしてくれ。もう君の芝居には付き合わないから。俺は君の依頼を全うした。完璧にな。社長もしばらくは君に見合いの話をしないだろう。君はゆっくりと確実に、念願だった恋人探しができることになった」

　なにかで刺されたようにズキッと心が痛む。目から今にも溢れそうな涙を、ぐっと堪えた。

「ふはっ。なんだよ、その顔。まさか、あまりにも感動して泣きたくなったのか。そんなに恋愛してみたかったのか？　嬉し涙が出るほどに？」

「違います……っ」

　顔に力を入れて息を止め、真っ赤になる。きっと歪んで不細工に見えるだろう。だけど、もういい。どう見られたって。どうせ終わるんだもの。だが気を抜くと、大泣きしてしまいそうだ。

そんな私を見ながら、智也さんはクスクスと笑う。

「それとも、君の涙の理由は別のものかな? 夢子が泣きたくなる理由を俺が勘違いしていないといいが。俺はどうしても、自分に都合よく考えてしまうところがあるからな」

「意味がぁ……わかり、ま、しぇん」

嗚咽《おえつ》を堪えているせいか、おかしな話し方になってしまうが、これが精いっぱいだ。

「ぷくくっ。そうか」

彼はおかしそうに笑ったあと、黙り込んだ。俯いてなにかを考えている。

「智也……さん?」

最後の言葉を探しているのかもしれない。私の気持ちに気づいているのならば、私を傷つけないようにしたいのだろう。

静寂が漂って、居心地が悪い。判決を言い渡される被告人にでもなったような気分だ。だけどここで逃げだすわけにもいかず、私も黙って彼が話すのを待った。

私の都合で始まったことだから、最後は彼に合わせたい。なにを言われても黙って

真剣な表情をしている。

そんなことを考えていると、突然彼が顔を上げた。まるで覚悟ができたような、真剣な表情をしている。

「なんと言えば君が納得するのか、考えてもわからない。だけど、仕方がないからそのまま言うよ」

私は身構えた。すると、軽く深呼吸をしてから彼が一気に言った。

「この金額で……君に俺の婚約者になってもらいたい。期間は……無期限だ。無期限ということは当然、その先の結婚も含まれる」

真剣な顔をしながら、絞るような静かな声で一気に告げた。

「はへっ？」

「袋の中をちゃんと見てくれ。お金を確認してもらわないとな」

智也さんは紙袋を手にすると、私の目の前にずいっと差し出した。それをおそるおそる受け取り、言われるがまま中を開く。そのままひっくり返して中身を全部出した。

バサバサッとお金の束が出てくる。全部で四束。渡したときのままだ。

「……あれ。これはなに？」

その中に紛れ込んでいる小さな箱を見つけて、そっと手にした。

「バスケットボールだけじゃ効果が足りない気がして。今度は俺が依頼者なんだから、返すなよ？　これがさっき言った必要なアイテムだ」

箱を目の前まで持ち上げ、寄り目になりながら見つめる。

「開けろよ。眺めてても中身は出てこないよ。どれだけ見つめても、箱に穴なんて開かないからな」

まさか。そんなはずはない。これはなにかの間違い？　騙したあとで『嘘だよー』なんて言う、ドッキリパターンなんじゃないの。

私の予測が正しければ、この大きさは。この箱の中身は。

震える指で箱をそっと開くと、中からさらに赤い入れ物がコロッと出てきた。カパッと入れ物を開くと、私の目に飛び込んできたのは、私が思った通り指輪だった。キラキラと輝く石が中央についたものだ。

あの日の夜景と同じ、まばゆい光。瞳を大きく開き、それを見つめた。

言葉がうまく出てこない。どういう反応をしたらいいかもわからない。

「誰にでもこんなことをすると思うなよ。君がどう思おうと、俺が女性に指輪を贈るのは初めてのこと。もちろんこれは、れっきとした婚約指輪だ」

前に私が、智也さんとたくさんの女性が噂になった話をしたからだろうか。彼は若干不安げな顔で私を見ている。

「どうしてこれを私に？　桃華さんと結婚しないためですか。偽の婚約者の芝居を続けないと、修吾さんと桃華さんが結婚できないから？」

「どうして君は――」

「もし智也さんが桃華さんを本気で好きなら、こんなことをするべきではありません。修吾さんに譲って身を引いても、後悔するだけだわ。気持ちに正直になるべきです」

なにかを言おうとした彼の言葉を遮った。

指輪を私に贈って気持ちをごまかしても、苦しんで後悔するのは智也さんなのだから。私を好きなわけじゃないのに。

「どうしてそう思った？　俺が桃華を好きだなんて、そんなことを言った覚えはないがな」

「いきなりお金を返して、それと同時に指輪を贈るなんて、普通じゃ考えられないことです。なにか強くて大きな気持ちがあるんじゃないかと……。それを押し通すために、やけになっているように思えます」

素直に感じたことを話す。言いきる私を智也さんはじっと見つめていた。

誰かを愛しても、必ず報われるとは限らない。だけど、彼が桃華さんをこんなことをするほどに好きならば気持ちを伝えるべきだ、という考えは本心だ。

桃華さんと智也さんがうまくいかなければいい、と本当は思っている。

でも、もしもふたりが結ばれなくても、そこで私が選ばれることなんてきっとないのだろう。

「わたっ……私はっ、うぐっ。後悔を……してほしくないとっ、本当に思って……いるから」

しばらくいろいろと考えているうちに泣いてしまった私を、彼は黙って見ていたが、フーッと深く息を吐いてから言う。

「桃華たちのためなんかじゃない。それに、俺は彼女をそういう意味では好きじゃない。そうか、君は……そうくるか。本当に手強いな。やはり指輪なんかじゃ納得しないか。想像力が半端ないんだな」

きっと今の私は、見るに耐えない顔になっているだろう。着物の袖口で拭うわけにもいかず、顔中から流れ出る水分はすべてそのままだ。

「ちょっと待って」

彼はバスルームのほうへ向かうと、フェイスタオルを持って戻ってきた。

「はい、これ。顔を拭いて。とりあえず落ち着いてくれよ」

それを受け取り、顔をうずめる。だが、気持ちを落ち着かせることはできない。

「いいよ。夢子がそれで納得するなら、そう思ってくれて構わない。婚約者のフリを続けることと、お金を受け取ること。とりあえずの俺の願いはそれだから。堅物な君でも、婚約したまま俺と一緒にいたなら今にわかるはずだ。俺の考えてることがね」

私の頭を優しく撫でながら、彼はニッコリと笑う。

これからもあなたの笑顔を見ていられるのならば、私に断る理由はない。

私の手から指輪の箱をスッと抜き取ると、彼は私の左手の薬指に指輪をはめた。

「この四百万円で、改めて俺の婚約者になってくれ。この指輪をその証《あかし》として受け取ってほしい」

今、私はどんな顔で彼を見つめているのだろう。彼からの告白はおそらく偽りのものだけど、これまでの私ならば、こんなに素敵な男性から言われるはずのない内容だ。いっそ、二度とないことならば楽しんでしまえばいいのかもしれない。

だけど……。

「私は……修吾さんにも言ったんですけど、おしゃれもしたことがないし、智也さんの相手としてはふさわしくないと思います。桃華さんの代わりに婚約するなんて、智也さんの親族に認められはしないでしょう。誰か他の女性を探したほうが……」

どうしても自信がない。会社でも、私たちが交際宣言をしても、誰ひとりお似合いだとは言わなかった。

これがいくら偽りであっても、契約が無期限であるならば智也さんと結婚することになる。桃華さんがあまりにも綺麗で可憐な女性に見えたので、正直に言うと、彼女と比べられるのが怖いのかもしれない。

左手の薬指に輝く婚約指輪を見つめる。

私にこの指輪は似合っているだろうか。智也さんの隣で、堂々と婚約者として振舞えるのか。不安な気持ちでいっぱいになる。

「他の女性になんて頼めない。社長にも認められてるのに嘘だと知られたら、途端に君に見合い話が来るぞ。ついでに俺も会社をクビになるだろうな」

「そんな!」

驚いた声を出すと、彼はニヤッと笑う。

「ふさわしいか、ふさわしくないか、それは君が決めることじゃない。言ったはずだ。君は断ることなどできないと。依頼者は俺だからね」

左手の指輪を再び見つめる私に、智也さんはさらに言う。

「やっぱり、バスケットボールよりもいいだろ?」

私は彼を見た。

「宝石が嫌いな女の子なんていないし、夢子は男じゃない。俺にとってはどうしようもないほどに女だよ。こうしなければいられないほどにな」

優しく重なる唇を、目を閉じて受け入れる。

あなたに憧れて、好きになって、そのすべてが欲しくて。だけど、諦めるしかないのだと胸を痛めてきた。

「智也さん……」

本当は『あなたが好きだから、偽りの関係なんて嫌なの』と言ってしまいたい。

私の気持ちは、お金で雇い合うような簡単なものじゃない。お金を払ってでも、あなたを自分のものにしておきたかった。

「夢……子……」

吐息交じりの声で名前を呼ばれ、うっとりしながらそっと目を閉じた。

私があなたを拒めるはずなどない。本当は気づいているんでしょ？　唇が塞がっていなかったら、きっとすぐにそう尋ねていただろう。

彼は私の中からなにかを奪うように、激しく舌を絡めて奥に入り込んでくる。そんな彼にギュッとしがみつく。

キスもデートもすべてが初めての私など、たやすくあなたの思い通りになる。婚約者としては足りなくても、あなたが桃華さんとどうにかなりたいならば、私は当て馬にならふさわしいかもしれない。そんなことまで考える。

初めから、本物になれたことなどほんの一瞬もないのに、どうして私たちはこうしてキスを繰り返すのか。彼が私に告げる『可愛い』という言葉は、どんな意味なのか。

わからないことばかりだけど、あなたとこうして触れ合えるのならば、もっと深くあなたに奪われたい。私をすべてあなたに捧げたい。

諦めるどころか、そんな気持ちに支配され、感情のコントロールができない。思わず智也さんの首に腕を巻きつけ、もっと欲しいとねだるように身体を寄せた。

「待……って、夢子。これ以上は……」

そっと離された唇。溢れる愛に朦朧としながら彼を見上げる。

「契約は成立か？　……まあ、今さら逃がしたりはしないけど。じゃあ、四百万円、確かに渡したからな」

ドサッと私の手にのせられた札束を見つめる。

彼を雇うために用意したこのお金は、彼に雇われることになり、再び私の手に戻ってきた。大きなダイヤのついた指輪とともに。

「よろしく……お願いします」

そう言うしかなかった。キスを受け入れ、さらに求める気持ちになってしまったのだから。

札束を抱きしめながら彼を見つめた。

この先どうなるかではなく、今どうしたいかを考えよう。いずれ消えてしまうであろう彼との時間を、一秒でも長く延ばしたい。

「こちらこそ。引き受けてくれてありがとう。君を大切にするよ」

彼も私を見つめ返し、微かに笑った。

「ただ……あの」

「なんだ。まだなにか問題があるか?」

今、これを言うべきか迷う。だけどもう我慢ができない。

「気になるから早く言え。あとからクレームは受けつけないからな」

「料亭で懐石を食べそびれて……楽しみにしていたのに。お腹が空きました……。今なら牛並みに食べれそうです」

その直後に、私のお腹からタイミングよくグーッと大きな音がした。恥ずかしすぎて死にそうだ。

「あっはっは。やっぱり色気がない。夢子らしくて安心するよ。君はいつでもそうじゃないとな」

智也さんは大きな声でしばらく笑っていた。笑い上戸だ。

笑顔の彼を見ながら修吾さんを思い出し、やっぱり兄弟とは似ているものだなと思った。

理由がわかりました

「さっき服を買ってきたから着替えるといい。その腹がもつうちに、なにか食べに行かないと」

そう言って彼は、有名な高級アパレルショップの紙袋を私に差し出した。

「えっ、着替え？」

「せっかくやり直すことになったのに、その格好じゃデートもできない。着替えに必要かと思って部屋を取ったんだ。出かけてる間、ここに着物も置いていけるだろ？」

「でも……」

遠慮して包みを受け取らずにいると、彼が私の手を掴み、無理やり手渡す。

「まさか、違う目的で連れ込まれたと思ったか？　大いに期待させて悪いが、俺は処女相手にそこまで鬼畜じゃない」

ニヤニヤと微かな笑みを浮かべて私をチラッと見た彼から、サッと目を逸らす。

「なっ！　失礼ですよ！　期待なんてしません！　着替えますよ、ありがとうございます！」

どう答えたらいいかわからず、必要以上に大きな声が出てしまう。

今のひとことで遠慮も緊張も吹き飛んだ。彼はわざとそういう言い方をしたのではないかとすぐに気づく。だけど聞き返したりはしなかった。

私は袋から服を取り出した。それを広げると、私がいつも着ているようなシンプルで真っ白なシャツとジーンズだった。フリルや飾りなどはまったくついていない。ヒラヒラしたものかと思っていたので意外に感じる。男性は婚約者には女性らしさを求めるだろうから。

私が服を見て固まっていると、彼が言う。

「どうした？　気に入らなかったか？　似合いそうだと思ったんだけど。夢子はスタイルがいいから、そういう格好がよく似合う。サイズもだいたい合ってると思うけど」

「いいえ、あの……。このデザインはとても好きです。だけど、もっと女性らしい格好じゃなくていいんですか？」

思わず聞いていた。

「女性らしい格好？　君はそういうのを好まないだろ？　俺は今のままの君がいいんだ。なにを気にしてるのか知らないが、俺はこだわらないよ。まあ、その七五三みたいな格好もなかなか魅力的だけどな」

「七五三じゃありません！　本当に失礼ですよね」

話しながら帯をほどいていく。

「あ、服のお金は払いますから。ありがとうございます、助かりました。苦しくて死にそうだったんです」

そう言った瞬間、彼から笑みが消えて真顔になる。

「本当にムカつく女だな。服代なんかを受け取るわけないだろ」

「どうして。誕生日でもないのにいただく理由がありません」

言い返したそのとき、帯がほどけてバサッと足元に落ちる。

「プレゼントにいちいち理由を求めるな。男みたいに見えるとかは俺にとってはどうでもいいことだが、男勝りなのは困るな。君は女性の自覚が足りない。黙って奢《おご》られとけよ」

落ちた帯を見ながら呆れたように言われ、言い返すのをやめた。

「だいたい、男の目の前で急に帯を外すし。そういうところはもう少し女らしくしないと」

「今さらそんなことを言うんですか？　……その通りです。ずっと自覚なんてないので、そう思われて当然です」

急に勢いをなくした私に、彼はクスッと笑う。

「俺以外の人間なら、君をどう思っててもいい。むしろ女性らしさに欠けてると思ってたほうが、君を誰かに盗られずに済む。俺は男にも女にも目を光らせなくちゃならないんだから。敵が多すぎて、これでも大変なんだよ」

「男の人から好かれた記憶はないけど、私を好きになってくれる女の子は可愛いですよ。付き合ったことはないですが、学生の頃に本気で考えたことはあります。一度くらいは気持ちに応えてみようかな、とか。結局無理でしたが」

笑い話のつもりで何気なく言ったのに、彼は私を見たまま固まった。

「おい。本気で言ってるのか。ますます油断できないな。君の首に縄をつけるのは趣味じゃないんだが。俺のポリシーに反する」

そのあとふたりで笑い合った。

彼のそんなところがたまらなく好きだ。男性を意識させないような普段通りの話し方で、私を女性として扱ってくれる。

「よし。やはりスタイリストの見立てがいいから似合ってるな」

サニタリーで着替えを済ませた私を見て、彼が微笑む。

「いえ、モデルがいいんですよ。しかもすごく身体に合っていて着心地がいいです。高かったんじゃ……やっぱり、私……」

私が言うと、彼は軽く私を睨んだ。

「もういいだろ。君よりも高給取りだと思うから、服くらい贈らせろよ」

「すっ、すみません」

これ以上言うと彼が本気で気分を害すると思い、引き下がる。ありがたく受け取ることにした。

「あと、こっちは靴。こればかりは俺の趣味で選ばせてもらった。婚約者の特権だよ」

彼が私の足元に置いた靴はシンプルなパンプスだが、真っ赤だ。おまけに、踵《かかと》に細く長いヒールがついている。

「私……これ以上背が高く見えるのが嫌なので、こんなに高さのある靴は履いたことがないんです」

もしかしたら、これを履けば智也さんの身長を追い抜くかもしれない。

思わず言うと、彼は驚いた顔をした。

「えっ、もったいない。君の背が高いことは君の長所だろ。どうして隠すんだ」

「長所?」

そんなふうに考えたことはない。

「君のスタイルも、髪も、顔も、すべてが綺麗なんだから、これからは俺が見立てる。君はセンスだけが壊滅的だ」

「言いましたね？　もう、さっきから本当に失礼ですよね。言いたい放題ですよ」

褒められているのか、けなされているのか。わからないままに靴を履いてみる。

「お。いいじゃん」

私の少し上から声がする。よかった。彼の背を追い抜いてはいない。

安堵する私と手をサッと繋ぐと、急に彼は歩きだした。

「行こう。俺も君の空腹病がうつった。なにが食べたい？」

「ちょっと。〝空腹病〟なんてないですよ。私はなんでもいいです」

部屋を出て、エレベーターに乗り込む。

ずっと繋いだままの手が、次第に熱く感じる。何度もバスケで突き指をしてきた私の指は、節が太く骨ばっている。彼はそんな私をどう思っているだろう。

ネイルサロンで綺麗に手入れをされた同僚たちの手を思い出し、恥ずかしくなる。

「あの、手を……」

私が離そうとすると、彼はぐっと力を込めた。

「何度も言わせるな。依頼者は君じゃなくて、俺。君は勝手に俺の手をほどいちゃダメだ」

「ワンマンな依頼者ですね」

彼はクスクス笑う。

「そう。俺はワンマンだから、これから君は、俺に従わなくてはいけないと思っててくれ」

「本当に？　うわー、引きそうです」

笑いながら話していると、エレベーターのドアが開いた。

「しまった。エレベーターの中でキスしそびれた。君が反抗的なのが悪い」

ぼそっと耳元で囁かれ、顔がぼっと赤くなる。

「なにを言っているんですか……」

ホテルのロビーに向かって進む。しっかりと手を繋いだ私たちは、長身カップルだからか注目を集めているようだ。周囲を見回しながらコソコソと彼に言う。

「やっぱり目立ってる。だから言ったのに。踵の高い靴は履かないって」

彼はニコニコしながら私を見た。

「夢子が綺麗だから、皆は俺のことが羨ましいんじゃないかな」

「もう。からかわないで」

陽気に笑う智也さんを見ていると、彼の言う通り、自分が綺麗だと思えてくるから不思議だ。

「智也さん……!」

そのとき、私たちの行く手に、先ほど料亭で会った桃華さんが立っていた。

「あれ、桃華。修吾と一緒じゃないのか」

正式な婚約者の前でも、彼は私の手を離さなかった。

「修吾さんなら、料亭で少し話してから別れたわ。私はこのホテルに用があって。今度ここでピアノリサイタルをするから、打ち合わせに」

「へえ、すごいじゃないか。そういえば君はピアニストだったな。チケットがまだ残ってるなら俺も行きたいよ」

「ごめんなさい、もうないの。今度はぜひ贈るわ」

桃華さんは智也さんの言葉に一瞬笑顔になったが、すぐ真顔になる。

「修吾さんから聞いたわ。智也さんは、私が彼を好きだと思ってるんでしょ?」

「そうだろ?」

智也さんは平然と言う。すると彼女は、チラッと私を見た。

「修吾さんのお見合い相手が智也さんの婚約者だなんて、本当にどうかしているわ。智也さんは、笹岡さんと付き合っているだなんて嘘までついて、いったいなにがしたいのよ。修吾さんに全部聞いたんだから」

今度は智也さんが私を睨んだ。

お見合いを回避するために、智也さんに私の恋人のフリを頼んだことを修吾さんに話したのが知られてしまい、私はビクッとする。彼はすぐ桃華さんに視線を戻した。

「桃華、これは嘘じゃないんだ。さっき話しただろ？　俺は本気だと。俺のことは気にしないで、君は修吾とうまくやれよ」

「私も言ったわよね？　私が結婚したいのは智也さんだって」

「当てつけなんかしなくてもいいんだよ。修吾も君が好きだから」

「当てつけじゃないわ！　私が好きなのは智也さんよ！」

次第に声が大きくなっていくふたりの様子を、行き交う人たちがジロジロと見ながら通り過ぎていく。だが私は会話に口を挟むこともできず、ふたりを止められない。

「また意地を張って。嫌々俺と婚約したんだろ？　修吾を妬《や》かせるつもりで」

「そんなわけないじゃない、あなたが好きなんだから。だから笹岡さんと婚約者のフリなんかは、もうしなくてもいいの。修吾さんのお見合いを阻止する必要はないから」

「だから、フリじゃないと……」

ふと彼の手の力が緩み、私の手が解放された。

智也さんは桃華さんを見たまま固まる。なんと言えばいいか考えているようだ。

「あの、私、部屋にある着物を取ってきます。そのまま帰るので、おふたりで話し合ってください」

思わず言うと、桃華さんが答えた。

「そうね。そうしてもらえるかしら。だいたい、あなたが智也さんに余計なことを頼むから話がややこしくなったのよ。そろそろ解放してほしいの」

彼女の怒りはもっともだ。自分の婚約者に芝居などさせた私を許せないだろう。

「ごめんなさい。わかっています。もう私と彼は関係ないですから。婚約しているフリは終わりました」

「夢子……待てよ」

彼の呼びかけを無視して向きを変えると、今来たロビーを急いで引き返した。心臓が早鐘のように鳴っている。

再び婚約者になろうと言った彼の依頼を、あっさり引き受けたことが恥ずかしい。

桃華さんにとっては納得できるはずなどないのに。自分がすごく悪い女に思えてきて仕方がない。

エレベーターに乗り込み、ドアが閉まる瞬間――いつの間にか私を追って駆けてきていた智也さんがガッと両手でドアをこじ開け、エレベーターの中に滑り込んできた。

「きゃっ！」

驚いて彼を見つめる。私を見るその目から怒りを感じた。

「……終わってない。勝手に決めるな。君は手を離した途端に逃げだすんだな」

彼はじりじりと私に近づき、壁に追いつめると、目の前に立って私を見下ろした。

「も、戻ってください。桃華さんが……」

「関係ない。俺は彼女を好きじゃないと言ってるだろ。君ほど俺を翻弄する女はいない。どうしてなんでも勝手に決めるんだよ」

彼の顔がぐっと近づく。

「今すぐにさっきの続きをするか？　キスしそびれた、と言ったよな。そうしたら君も、自分が本物だという自覚が湧くのかもしれないな」

「待って。もう終わったんだから、そんな必要は――」

言い終わらないうちに、彼の熱い唇が私の唇を包む。顔を背けようとすると、顎を掴まれた。

桃華さんを放置して、こうして私を追ってきた理由はなに？

「んん……っ。待っ……」

彼を押し出そうとその胸を押す私の手の力が、緩んでいく。

どうしてここまでして、芝居を続けようとするのか。そう考えたとき、ふと思う。

もしかして、ただ単純にお金を返したいからではないか、と。確実に終わるために、お金を受け取ったままでいたくはなかったのかもしれない。

私は一度出したものを受け取るつもりなどない。だがもし、お金のことを万が一私の父に知られたりしたら厄介だ。返す理由としては、依頼をし返すのが一番手っ取り早い。

そもそも彼は困っている私を放ってはおけなくて、婚約者のフリをすると言ってくれた。あくまで上司として今回のことを引き受けた彼の思惑から外れ、私はお金を一方的に押しつけたということだろうか。

お金を受け取ることを繰り返し渋る彼の様子が、脳裏に浮かぶ。

ようやくすべてが繋がり、答えが見えた気がした。

# お見合いを前向きに検討します

エレベーターのドアが開き、ようやく彼はそっと唇を離した。

「すまない。……冷静じゃなかった。怖がらせたかな」

ひとこと言うと再び私の手を握り、歩きだす。

冷静ではないと言った彼とは裏腹に、私は冷静だった。彼を怖いなんて思わない。むしろこうされることに、胸が高鳴るほどなのだから。

部屋に再び戻り、中に入る。

「飯を食べそびれた。まさか桃華に会うとはな。ルームサービスでも頼むか?」

「いいえ。私は帰りますから。桃華さんにもそう言いましたし」

話しながら着物を抱える。

「……なにも言わないのか。聞きたいこともない?」

探るような視線で私を見つめる彼に、ニッコリと笑ってみせた。

「聞くことなんてありませんよ。私たちの芝居は終わりました。桃華さんの本当の気持ちがわかりましたから、今度こそやめられます。私のほうの問題も解決しました。

もういいです。もし……お金が迷惑なだけならば、どこかへ寄付でもしてください」

「お金？　どういう意味だ」

真剣な顔で聞き返す彼に、私は笑顔のままで言う。

「さっきからずっと考えていました。桃華さんへの気持ちが、私たちの芝居を続ける理由ではないならば、私にお金を返したくて依頼をしてきたんですよね。思えばお金をあなたに渡したのは、私の自己満足だったかもしれません。智也さんの気持ちを考えもせずに、すみませんでした」

「今度はそんなふうに思い始めたか。君の頭の中には、いったいいくつのシナリオがあるんだ？」

眉をひそめて低い声で話す彼を見て、私の話を不快に思っているのがわかる。だけど、私もこのまま引き下がることはできない。

「初めは、桃華さんと修吾さんが相思相愛ならば、桃華さんたちのために智也さんは身を引くつもりなんだろうと考えました。でも桃華さんは、修吾さんではなく智也さんを好きだった。それなら、私さえいなければ元に戻るだけです。だけど智也さんは桃華さんを好きではないと言いました」

彼は黙って私を見つめている。

「だったらあとは、智也さんが悩むことといえば、お金の問題しかないですよね。このまま受け取るわけにも、返すわけにもいかないと思ったんでしょう？　私にそのまま返しても受け取るはずはない。それに、私の父にも知られたら困りますし」

　そう言いきる私に、彼はなにも答えない。

「私はこれから、修吾さんとのお見合いを継続しようかと思っているんです。だって、桃華さんと修吾さんが関係ないならお見合いにも問題はないですし、彼はいい人で、断る理由がないから。彼となら素敵な恋愛ができそうな気がしています」

　強がって話し続ける。

　だが、お見合いを継続しようと思ったのは本心だ。智也さん以外の人に目を向ける必要がある。どのみち、あなたを忘れなくてはいけないのだから。

「そんなことは許さない。素晴らしい想像力だが、君のその豊富なシナリオの中に、事実だけがないのはなぜだ」

「え？」

「どうしてあえて正解を避けるのかわからないな。残念ながら、君の推理はすべてが外れてるよ。君が的外れな不正解を言うのは、正解が現実になると困るから？　君にその気がないから、わざとなのか？」

彼の鋭い視線の奥に悲しみがこもっているような気がして、私は彼からサッと目を逸らすと、背中を向けた。

彼の言う正解とは……？　まさか。そんなはずはない。私を好きだと言われたことなどない。だいたい、どう考えてもあり得ない。

だが、理由がお金じゃないなら、他に私と婚約していたいと思うわけは？

「私をからかうのが上手ですね。なにを言われても私は信じません。あとで傷つくのは嫌ですから」

彼のほうを見ないまま、突き放すように言う。

「君は正直だ。そこがいい。俺にこの先を言わせたいなら、修吾との見合いは断って、俺の婚約者のままでいたらいい。いくらでも続きを聞かせるから」

きっと、父を騙した責任を感じているのだ。智也さんは彼にとって恩のある私の父に報いたいのだろう。そのために言っているのだ。

そう自分に言い聞かせる。

「私は修吾さんと付き合ってみます。智也さんは桃華さんとのことを考えてください。彼女はあなたのことが好きなんですから。彼女は……本物の婚約者ですし。私とは違います」

それだけ言って、部屋を出ようと歩きだす。ドアに手をかけた瞬間――。

「再び婚約者でいることを頼んだ理由は……君が好きだからだ。君も答えはわかっていたんだろ？」

彼の呟くような声が聞こえた。

だけど私はなにも答えずに、そのまま勢いよく廊下に出るとドアをそっと閉めた。

いったいどこで間違えたのだろう。たとえ彼が、私を少しでも好きだと思ってくれていたとしても、桃華さんがいるのに彼に応えることはできない。私の本心を告げることも。

ただ智也さんに憧れて、ずっと見つめていただけだった。こんなことを言わせるつもりなんて、まったくなかったのに。

父への恩義も、渡したお金も、自分の人生を犠牲にしてまで考えてくれなくてもいい。あなたはあなたの道を歩いてほしい。

私を好きだとまで言わなくても、ずっと婚約者でいられるなんて勘違いなど私はしない。

あなたが、本当に好きだった。

フラフラとホテルを出て家に着いてから、父に「修吾さんとまた会いたい」と言った。彼に連絡先を聞かなかったからだ。

「あれから、松雪くんとケンカでもしたのか?」

意外そうな顔の父に、なんでもないことのように笑いながら言う。

「違うわ。彼の弟さんだし、もう会わないのもどうかと思って。お断りするにしても、失礼のないようにしないとね」

「そうか。松雪くんがそれを納得しているならば、もう一度会ってもらえるよう俺から連絡を取るよ。あとは断るにしても三人でうまくやってくれ。彼らの叔母さんが変に思わないようにな」

「ええ。わかったわ」

修吾さんと会うことに対して、本当は智也さんの許可などいらない。だけど今はまだ、父にそうは言えない。

別れたと告げるにしても、父から智也さんへの今後の対応があるだろうから、慎重に切り出さないと。

「あれ? それは? 松雪くんにいただいたのか」

私の手元を見て父が言う。

あ……指輪を返しそびれた。父に言われるまで忘れていた。

「よかったな。夢子のことを真剣に考えてくれる人が現れて、ようやく安心したよ。よく男の子に間違えられていたお前が、やっと普通に落ち着いてきた。松雪くんのおかげだな。会社に入ってから髪も伸びて、お前は本当に綺麗になったよ」

安堵したような笑顔で嬉しそうに話す父に、なんと言えばいいのだろう。

ただ、智也さんへの気持ちが、自分が女であると実感させてくれたのは確かだ。


父と会話を交わしてから一時間ほどした頃。家に修吾さんから電話がかかってきた。

『お見合いを断らなかったんだね。今から少し会えない？　話したいからさ』

そして迎えに来た彼の車に乗り込み、近くのカフェに入った。

向かい合って席に着き、正面から彼を見たとき、やっぱり智也さんに似ていると改めて感じ、彼と別れたときのことを思い出すと少し切なくなった。

「あれから桃華とは確かに話したよ？　だけど取りつく島もなかった。あいつはやっぱり兄さんが好きなんだ。兄さんも適当なことばかり言って、ひどいよな。桃華がかわいそうだよ」

「修吾さんは、桃華さんを好きじゃないんですか？」

「うーん。幼馴染みだからなぁ、可愛いとは思うけど。それで？　どうして断らずに続けようと思ったの？」

ジュースをぐっとひと口飲んで、彼を見つめる。

「智也さんとは……もう仕事以外で会うのをやめようと思っています」

「え。なんかあったの？　あれからケンカした？　相当怒ってたからなぁ」

父と同じことを聞かれ、笑ってしまう。

「違うんです。私たちはもともと芝居をしていただけですから。本来の姿に戻るだけです。婚約者のフリをする必要はもうないから」

「ふーん。それだけじゃなかったような気がしたけどな。兄さんがあんなに取り乱すのを見たのは初めてだったから」

そう言って、修吾さんは首をかしげる。

「確かに、まだ婚約者のままでいようと言われました。でもそれは、私の父を騙した罪悪感からですよ」

話しながら虚しくなってくる。

罪悪感なら私にもある。私を好きだと言わせてしまったことに対しての。

お見合いによって恋愛をする夢が壊れることを恐れ、好きな人から差し伸べられた手を拒めなかった。智也さんが好きだから、少しでも一緒にいたいと夢見てしまった。

自分の都合だけを優先したのだ。彼が払う代償をわかっていながら。

「そっか。まあこれで、皆が行き着くはずだった場所に収まったということかな。兄さんと桃華。俺と君。本来はそうなるべきだったからね」

「そうですね。だいたい、智也さんが私を好きになるわけないですから。私は着飾らなければいつもこんなだし。会社でも周囲からは完全に男扱いですからね」

自分を指差して言う。

智也さんに買ってもらったシャツは、とても着心地がいい。派手な柄の着物を着て化粧をした自分を鏡で見て、強烈な違和感を覚えた。おそらく智也さんもそう思ったから、いつものような服を買ってくれたのだろう。着飾ったって似合うはずがない。

ホテルで指にはめてもらった指輪を、そのままつける資格は私にはない。外して自分の部屋に置いてきた。私にはもちろん似合わない。あれは本当は桃華さんのものだ。

修吾さんが言った〝行き着くはずだった場所〟にないものは、おそらく私の気持ちだけ。ならば黙っていたほうがいい。

そもそも私みたいなタイプは、智也さんには似つかわしくない。そんなことは充分に自覚している。

だが修吾さんは、私でいいのだろうか。もしかすると、自分の意思とは関係なく、周囲に勧められるままにお見合いをして、断れなくなっているのかもしれない。逆らえない運命に従い、恋することを諦めたのだろうか。

「俺は君が気に入ってるよ？　夢子さんが普段ボーイッシュなのは知ってる。前に会ったときもパンツスーツだったし、今だってジーンズでしょ。でも、清潔感があっていいよ。そのほうが君らしい」

優しい笑顔で話す彼を見る。お世辞だとは思うが、そんなふうに言われると嬉しくなる。

「会社の男性陣にも、修吾さんの話を聞かせたいですよ。少しは私を見直すかも。修吾さんみたいに思ってくれる男性がいるんだって」

照れ隠しでわざと冗談めかして言うと、彼はクスクスと笑った。

「あ、だけど無理すると、また後ろにひっくり返るからね。あのときは驚いたよ。失礼だとは思ったけど、笑いが止まらなくてさ」

「あ、あれは忘れてください。本当に足がつらくて限界だった。だけど自分でも、いくらなんでもどうかとは思いました。叔母さまと父の慌てる顔が忘れられません。さぞやふたりは焦ったと思います。申し訳ないことをしたわ」

ふたりで大笑いする。修吾さんといると、とても楽しい。

この先こうしてふたりで過ごしていけば、いつか忘れるのだろうか。ため息が出るほどに素敵な笑顔も、酔いしれた甘い囁きも。

「だけど修吾さんは私でいいんですか。もちろん努力はするつもりですけど、男性のためのおしゃれなんてしたことがないので、急には変われないかも。スカートも、化粧品もほぼ持っていないし」

「俺のために綺麗になってくれるの？　楽しみだな。大丈夫、君ならどんな子よりも綺麗になれるさ。俺が保証するよ」

飾りのない言葉でストレートに私を褒める彼が、智也さんと被る。

一瞬泣きたい心境になるが、それを吹き飛ばすかのように思いきり笑顔を作る。

「そんなに期待しないで。だけどもし嫌になったら、修吾さんからお見合いを断ってください。私は慣れているから大丈夫。もともと女性にしかモテたことはないの」

「バカ言っちゃいけない。断らないよ。君を好きになった女性に負けるなんて、男のプライドが許さないね。俺が君を女らしくできたなら男冥利に尽きる。君は興味深い存在だよ」

そう言って彼は、テーブルの上にある私の手をそっと握った。

「よろしくね、夢子さん。俺を選んでくれて本当に嬉しいよ。兄さんには負けないから。期待してて」

彼の行為にドキッとしたが、余裕のあるフリをする。

「はい。よろしくお願いします」

彼がこの選択をしたのは、ササ印の経営権のためかもしれない。思ってもいないことを言っているだけかも。

そう考えるのは、どこか卑屈になっている私自身の問題だ。

だけど理由がどうであれ、修吾さんにがっかりされないよう、智也さんが心置きなく桃華さんとうまくやれるよう、私は頑張る。

それが自分のためでもあるから。

# 徹底的に邪魔します［智也ｓｉｄｅ］

彼女が発案した、速乾性サインペンの現物が上がってきた。

「笹岡、現物が来たぞ。いよいよ商品化だな。来週には工場で量産されることになる。最後の確認だから、試して気になるところがあれば言ってくれ」

彼女のデスクに小さな箱を置いて話す。

「はい。ありがとうございます！　いやあ、感動ですね。本当に本当なんだ」

箱を開けながら嬉しそうに笑う彼女を見て、俺も顔が緩んでくる。

「感動だけして、肝心なところを見落とすなよ。あくまでも君を喜ばせるためのものじゃなくて、これは確認だからな」

「わかってますよ」

週明け。お見合い騒動などまるでなかったかのように、いつもと変わらない日常があった。もうすぐ終業時刻になるが、今日はまだふたりきりで話してはいない。

ホテルの部屋から出た彼女が、あれからなにを考えてどうしていたか、俺は詮索したりはしなかった。ベッドの上に置かれたままの四百万円を、しばらく呆然と見つめながら過ごした。

修吾との付き合いを継続すると言いきった夢子は、俺の告白を聞いてどう思ったのか。普段と変わらない、今日の彼女の態度からはさっぱり読めなかった。

だが、夢子の薬指にあるはずの指輪が外れている。それが俺の告白に対する彼女の答えなのかもしれない。箱の中からペンを取り出して眺める彼女になにも聞けないいまま、俺は自席に向かった。

「ラブラブですねっ」

彼女の隣の席の子が小声で言ったのが、背中越しに聞こえた。

「いや、違うよ？　……というか、初めからなんでもないの。あれは松雪課長の冗談だから」

「えー。別れたんですか？」

「別れたんじゃなくて、付き合ってなんかいないよ。冗談を言う期間が終わっただけ」

「どういうことでしょう？　付き合ってないって、マジですか。嘘だとは思えなかったんですけど。ただのケンカでしょ？」

夢子の言葉のひとつひとつが胸に刺さる。彼女たちは俺に聞こえているとは思っていないみたいだ。ため息をつきながら席に着く。

やはり受け入れてはもらえなかったか。告白なんてする予定ではなかった。今度は俺が依頼者になって、関係を継続するだけのつもりだったのに。

思い余って勢いづいてしまったことを後悔しても、もう遅い。

夢子が自分の魅力に気づかないうちに気持ちを打ち明けても、こうして避けられるかもしれないことはわかっていた。彼女が恋をする勇気を持てるようになるまで、告白は待つ気でいた。

夢子は、本当に修吾と結婚するつもりなのだろうか。俺しか知らない彼女の魅力に、修吾が気づいているとでも思っているのか。

俺を好きだと言った桃華の気持ちが恋愛感情ではないことを、俺はずいぶん前から見抜いていた。同時に、修吾の桃華への気持ちも。

桃華は兄のように慕ってきた俺の存在を失うのが怖いのかもしれない。大切なおもちゃを、夢子に取られてしまうように感じたのだろう。だが、いくら桃華にそう言っても認めようとはせず、反発して俺への執着を深めただけだった。恋愛感情と親近感を見分けられていない。

たとえば実際に俺が桃華にキスでもしたなら、全力で俺を拒絶するはずだ。しかし、そんな手荒な方法で納得させたりするのは嫌だった。

今の夢子にも、俺の桃華への愛情が恋愛感情ではないことなど見抜けるはずもない。桃華を大切に思っていることには変わりないのだから。

桃華の気持ちを落ち着かせる方法は、たったひとつ。修吾にしかできないことだ。あいつが、桃華の胸の奥にある恋心に気づかせてやらねばならない。

だが彼は、意地を張って俺の言うことなど聞きやしない。どうしたらいいのかわからず、結局、夢子にも弁解すらしないまま今日になってしまった。

会社で顔を合わせても、彼女はその話題を持ち出すわけでもなく、普通に挨拶をしてきた。戸惑いながら俺も普通に振る舞ったが、俺ひとりだけが猛烈な焦りを感じているように思えた。夢子にとってはお見合いの日のことは、もう終わった話なのかもしれない。

このまま、修吾と夢子が付き合うのを黙って見ているしかないのか。偽物から始まった俺たちの関係は、この先本物になることはないのか。

そんなことを考えながら、しばらく彼女を見つめていた。

「松雪さん、判子をお願いします」

ぼんやりしていると、いつの間にか俺の隣に部下がいて書類を差し出していた。

「ああ」

ひとことだけ言って書類を受け取ると、彼は急に声をひそめて話しだした。

「もしかして笹岡を見ていたんですか？　松雪さん、本気で彼女が好きなんですね」

判をついて書類を返す。

「別に見ていない。いらない詮索はするな」

彼を見ると、ニヤニヤした顔でさらに言う。

「まあ、気になるのも無理はないかも。彼女は女性陣に人気があるから男にやっかまれているだけで、本当は隠れファンも多いですからね。松雪さんと付き合っているという噂を聞いたとき、悔しがっているやつもちらほらいたんですよ」

突然の彼の話に、俺は驚いてなにも言えない。彼を見て動きを止めていた。

「彼女は性格もさっぱりしているし、話しやすい。よく見ると美人だから、化粧をしたらかなりレベルの高い子だと思いますよ」

やはり俺が思っていた通りだった。周囲が夢子の魅力に気づかないだなんて、どうして思ったのだろう。

「だけどさすがですね。松雪さんが真っ先にそれに気づいたんですから。実は皆、心の奥でわかっていたんでしょうけどね。でも松雪さんが付き合わなかったら、話題にもならなかったかもしれないですね」

書類を確認してから彼は去っていく。その後ろ姿を見ながら、気持ちがさらに焦り始める。

このままだと、修吾じゃなくても、いつか誰かが彼女を連れ去っていく。黙ってこうして見ているだけでいいのか。

もう一度お金を返してリセットしてから、彼女に伝えなければならない。

フリなんかじゃなかった。いつだって本気だった、と。


「少し時間をくれないか。話があるんだけど」

終業時間になり、部署を出た夢子を追いかけて、廊下で呼び止めた。

「話なんてありません。失礼します。お疲れさまでした」

そっけなくそう言うと、夢子は目も合わせずに立ち去ろうとする。その腕をサッと掴み、耳に口を近づけて小声で言う。

「いいよ、ここで話すか？　誰に聞かれるかわからないけどな。また噂の的になるかもしれないぞ。俺はおそらく見た感じよりも冷静じゃないから、声が大きくなるかも」

彼女がガバッと振り返ると、至近距離で目が合う。

「わ、わかりました。聞きますよ」

焦ったように言う彼女の返事を聞いて、ニッコリと笑う。

どうか逃げたりせずに、最後まで聞いてほしい。

「そうか。よかった」

それだけ言って歩きだす。夢子も俺のあとについてきた。

そのまま外の非常階段の踊り場に出ると、夕闇が辺りを包み始めていた。

「うわ、いい景色だ。あの日の夜景を思い出すな」

ここは十階。ビルの隙間を通り抜ける風で乱れた髪をかき上げながら、彼女を振り返った。

夜景の見えるレストランで食事をしたときは嬉しそうに笑っていたのに、今の夢子は困った顔をして俺を見ている。

「あ、そのネックレス。つけてくれてるのか」

彼女の首に、あの日贈ったネックレスがかかっていることに気づいた。俺の言葉と視線から、ネックレスを見られていると気づいた彼女は曖昧に笑う。

「これは、これからも大切に使わせていただこうと思っています。仕事を頑張ったご褒美ですし、とても嬉しかったんです。だけど指輪は明日にでもお返しします。あ、ネックレスも返したほうがいいですか？　智也さんがそう望むなら今……」

彼女は両手を自分の首の後ろに回した。

「いや、そんな意味で言ったんじゃない。俺も嬉しかったから。……指輪も返すなんて言わないで、できたらはめててもらいたいんだが」

俺が言うと彼女は、ネックレスを外そうと首に回した手を元の位置に戻した。それは外されることなく首元で輝いている。

「せっかくすべてを忘れようとして、今日一日を普通に過ごしていたのに。どうしてそんなことを言うんですか」

「忘れなくてもいい。俺はこの先も、君と終わる気なんてないから」

君の魅力に気づいているやつがいる。だけど俺は、どうしてもこのままでいたい。

「ですから、そんなにお金を返したいのならばもう受け取りますから。そんなことを言うのはやめてください。実は修吾さんとお付き合いすることになったんです。これからは彼のことを真剣に考えていこうと思っているので、私のことは本当に気にしないで」

「君は俺の話したことを忘れたのか？　君が好きだと言ったはずだが」

いずれは修吾と夢子が付き合うことになるかもしれないと思ってはいたが、突然すぎて驚く。

しかも修吾は桃華を好きなはずなのに。夢子と付き合おうと、どうして思ったのだろうか。

「私も、その話は信じないと言いました。智也さんは勝手です。あなたは余裕があって女性に慣れているかもしれませんが、私は簡単には割り切れないんです」

「俺にだって余裕なんてないよ。どうやったら君を繋ぎ止められるか必死なんだ。今だってかなり焦ってる。君を無理やり、こんなところに連れてくるくらいにね」

素直だけど頑固なところも、君がコンプレックスに思っているボーイッシュな外見も、抜群のスタイルも、流れ落ちそうな涙を堪えるその表情も。今となっては、すべてが愛おしくて仕方がない。

「嘘ばかりですよね。あなたみたいな人が、私に対して好きだという気持ちにはならないと思います。他の人を選ぶことも簡単にできるはずなのに」

「どうして君はそんなふうに考えるんだ。俺が好きなのは、桃華じゃなくて君だ」

幼い頃から、周囲に『女らしくない』と言われ続け、自分でもそうだと思い込み、そうあるべきだと振る舞ってきた。そんな夢子が、簡単に俺の気持ちを信じられないのもわかる。

だが、そんな君だからこそ愛おしく思えるし、女性として愛されることを教えたい。

お見合いの日とは別人の、すっぴんで透き通るような肌に手を伸ばす。頬にそっと触れると、少女のようなみずみずしさだ。

「君を見てると、こうして触れたくなる。君が言うように簡単には他の女なんて選べない。俺の選択肢なんてもうないんだよ。そんなに俺は器用じゃないんだ」

「父への……罪悪感ですよね?」

疑いの眼差しで俺を見上げる彼女に、微笑む。

「いいよ。今はそう思ってても。無理強いはしたくない。修吾と付き合っても構わない。比べて選んだらいい。修吾か……俺か」

「どうして。そんなことできません」

「だが、ひとつだけ言っておく。俺は、君が他のやつをその瞳に映すことすら嫌だ。修吾との仲は、おそらく邪魔してしまうだろう。実は……嫉妬深いんだ」

君が俺を信じるか、信じないか。選ばれるか、選ばれないか。そんなことはわからない。自信があるわけでもない。だが、無理やりこちらを向かせても、それは俺の欲しいものではないから。

「改めて言うよ。君が好きだ。絶対に離さないから。必ずわかってもらう。俺の気持ちを」

なにも言わないまま俺を見つめる夢子の目には、動揺の色が広がっている。

「桃華さんのことは、どうするつもりですか」

しばらくして呟いた彼女の頬から、手を離す。

「それもいずれわかることだ。今はなにを言っても信じないんだろ？　言い訳なんてしないよ」

俺の言葉に気まずそうに俯く彼女を見下ろしながら、君ならば必ずわかってくれると思い直していた。

その純真な心は、正直な気持ちだけを認め、その澄んだ目はきっと真実しか映さないはずだから。

「今日はこのあと、修吾と約束でもしてるのか？」

「いいえ。別になにもありません。修吾さんとはまだゆっくり話せてはいないんです」

彼女の答えに、ニッコリと笑う。

「じゃあ、誘っても問題はないな。俺にこのまま付き合ってもらうよ」

「え。でも……」

戸惑いを見せる夢子を見て、クスッと笑う。

「上司と食事するくらいじゃ、あいつは怒らないよ」

「上司としてですか。……わかりました」

　俺が逆の立場なら、すぐに追いかけて阻止するけど。本当はそう思っているが、それは言わないでおく。

　ドアを開けて、非常階段から社内に戻る。そのまま並んで歩いていると、あちこちから注目を浴びているように思える。

　噂好きな社内の連中に、俺の弟と夢子を取り合っているだなんて知られたらどうなってしまうだろう。そんなことを考えながらエレベーターに乗り、会社の外に出た。

「君のお金はさ、このまま俺が預かっておくよ。君と結婚したならどうせ君に返るんだから。同じ家に住むことになるしね。そのときまで俺が持ってる」

「結婚？　そんな、まさか！」

　静かに俺のあとをついてきていた夢子が、大きな声で驚く。

「結婚だなんて、そんなことはできません。本当にやめてください。父にはうまく言いますから」

「うまく？　どんなふうに？　お見合いが嫌で婚約者のフリをしてもらっただけだったのに、俺に本気で口説かれたから怖くなって逃げだしたって？」

「智也さん！」

ふたりで立ち止まる。俺を睨むように見つめながら、彼女は微かにわなわなと震えている。

「図星か。少しは気を遣えよ」

「ちが……っ！」

嘘をついたり、ごまかしたりなどしない。そんな君だから次第に溺れていった。

「君の思い通りに俺から逃げきることはできないよ。俺にもあとがない。このまま修吾に君をさらわれるなんて、そんなのはごめんだからな」

「私にはそこまでの価値はありません。もしも私に魅力があるなら、どうして今まで異性との間になにもなかったんですか。あなたは異性にモテるから私の気持ちはわからないでしょうけど」

俺は彼女と手をサッと繋ぐと、歩きだした。

「と、智也さん」

「そう。このまま本気になればいい。今まで君になにもなかったからこそ、俺は余計な嫉妬をしなくて済んでる。でも、自分が可愛いと自覚しろ。俺の気持ちを勝手に決めるな」

夢子が自分のことをわかってはいないもどかしさと、俺だけに見せる顔があることの優越感。

話すたびに夢中にさせられる。君が持つ魅力は、言葉で表すのが難しい。

「修吾が好きなのは桃華だ。あいつには君のことがわかるはずもない。そして君を本気で好きなのは俺だけだ」

俺の話に彼女はなにも答えず、ただ熱い視線で俺を見ていた。

信じたい。君も俺と同じ気持ちなんだと。

# 勝負します

「どこに行くんですか？」

彼に手を引かれながら尋ねる。

修吾さんと張り合うと本気で言っているのか、まだ彼の言葉を信じられないでいる。

「うーん、そうだな。まずは君に俺を知ってもらおうかな。修吾と俺を比べようにも、判断材料がいるだろうから」

彼は言いながら片手を上げ、タクシーを停める。

「乗って。俺を知るには、まずは俺が普段なにをしてるかが大事だろ」

意味がわからないまま、彼とともにタクシーへと乗り込んだ。

「『グローバルスノー第三ジム』まで」

彼が運転手に行き先を告げるのを聞いて、首をかしげる。

「グローバルスノーの体育館？　どうしてですか」

「行けばわかるよ」

そう言って、魅惑的な笑顔を私に向ける彼に見とれる。

初めから比べるまでもない。あなたを好きな気持ちは、今も私の中で日増しに大きくなっているのだから。強がって拒むことも、もはやすでに限界に近い状態なのだ。好きだと思う気持ちが溢れて、今にも口をついて出てきそうだ。あなたを避けることで気持ちを抑えようとしていたのに。それすら見逃してはくれない。

「夢子?」

動きを止めた私を不思議そうに見つめる目から、サッと顔を背ける。

「あ、すみません。ぼんやりしちゃって」

あなたからの申し出を受け入れたなら、もう離れられなくなる。

あとでもし智也さんが桃華さんの元に帰りたくなっても、私は諦めたりなどできなくなることを、私自身が一番よくわかっているから。

会社からタクシーで十五分ほどの位置にある、グローバルスノー第三ジム。もちろん私もバスケの試合観戦で訪れたことがある。

スポーツ用品メーカーであるグローバルスノーが所有するチームは、バスケットボール、サッカー、バレーボール、テニスに水泳、陸上と幅広い。

プロによる宣伝と商品実験を兼ね備え、知名度も高いグローバルスノーのチームに入りたいと願う人は多いが、いずれのスポーツでも厳しい審査を通過しなくてはならない。ここで活躍する人たちは、一流の選ばれしアスリートたちなのだ。

「はい、着いたよ。降りて」

慣れた足取りで中に入っていく彼に置いていかれないよう、躊躇いながら私もあとを追った。

出入口にある管理室に彼が軽く手を上げると、中にいた人が頭を下げた。そこを難なく通過して、そのまま進んでいく。その奥の体育館の中では、男子バスケの練習が異様な熱気に包まれながら行われていた。

「うわぁ……」

観客席からその様子を見て、思わず感嘆の声が出てしまう。

激しい攻防戦。選手の真剣な眼差し。光る汗。シューズが床にこすれる音と、ボールの衝撃音、選手のかけ声が館内に響いている。

数年前までは、私もこうしてバスケに打ち込んでいた。つらくも楽しかった日々が思い出される。

「夢子、口が開いてるよ」

隣から智也さんが笑いを堪えながら言う。

「感動です。グローバルスノーの練習を目の当たりにできるなんて。だけど……どうしてここに？」

　コートから目を離さないままで尋ねる。

「隠し事はやめようと思っただけだよ。まあ、隠してるつもりでもなかったんだがな」

　彼の言葉に、私は隣にいる彼を見上げた。

「え？」

　その瞬間——。

「あっ！　松雪さん！」

　私たちの姿に気づいた選手のひとりが声を上げ、コートの中の人たちが一斉に私たちを見る。

「お久しぶりです！」

　また別の人が言う。

「おー、皆。調子はどうだい」

　智也さんがにこやかに言った。

「絶好調ですよ！　今日はコーチが所用で帰ったので、今は自主練です」

「そうか。頑張ってるね」

私は驚いて選手たちを見ていた。そんな私に、彼はコソッと耳打ちする。

「実は俺、バスケチームの責任者なんだ。ずいぶん前から任されてる。簡単に言うと、スポンサーの管理とかかな。ササ印にいてもできることばかりだけど」

「ええっ。責任者？」

驚く私に、彼はニコッと笑った。

「少しやるか？　たまには身体を動かしたいだろ？　そのあとのビールは格別だぞ」

そう言いながら彼は、上着を脱いでネクタイを外した。

「おーい。自主練なら、俺たちも少し交ぜてくれないか？」

コートに向かって言う彼に、私は両手を思いきり横に振った。

「無理！　無理です！　プロに交ざるなんて！　私はいいです」

「自信がないのか？　俺と勝負したがってたじゃないか。君が勝ったら、なんでも言うことを聞くよ」

ニコニコしている彼に、思わず言い返す。

「智也さんは以前、下手だって言っていたじゃないですか。自信がないのは智也さんのほうでしょ」

次の瞬間、彼は私の手を引っ張り、コートへと入っていった。

ぎゃー！　やめてよ！　皆が見ているじゃないですか！

そう言いたいのに、驚きで声が出ない。

「コートに入ったら靴を脱いで。真剣勝負だ。やるからには勝つ。俺が勝ったら、君に言うことを聞いてもらうから」

彼が歩きながら私に告げる。

そのとき思った。もし私が勝ったら、婚約者のフリを終わりにできるかもしれない。

彼からお金を受け取り、すべてをリセットしたい願望が頭をよぎる。

本当は修吾さんに向き合う前に、あなたに伝えたいことがある。一からやり直せたなら、正直になれるかもしれない。

「わかりました。負けませんよ」

私が言うと彼は私を振り返り、ニヤッと笑った。

「それでこそ夢子だ。楽しんでやろう」

彼は以前、バスケはうまくないと言っていた。本気になれば勝てるかも。

「松雪さん。彼女さんですか？」

コートの入口に立っていた男性が、ボールをついて私を珍しそうに見ながら言う。

「いや、違う。彼女はそんなんじゃないよ」

即座に答えた彼の言葉で、私の胸にドクッと鈍い痛みが走る。

自分で彼の申し出を断ったくせに、なんて勝手な気持ちだろう。あのときの選択を後悔しているわけではないが、こんなにあっさり否定されると悲しくなる。

「実はただ今、彼女を絶賛口説き中。だから、いい女だけど惚れるなよ。残念ながら俺もフラれたばかりで、まだ俺のものじゃないがな」

「なっ……！」

彼の話に驚く。

「ははっ。マジですか？　松雪さんがフラれたって？　人生初じゃないですか？」

男性の反応に、顔から火が出たようになる。

絶対に、私のような男オンナが智也さんの告白を断るだなんて、身のほど知らずだと思われた。確かに智也さんを拒む女はいないだろう。たとえ罪悪感や使命感からの告白だとしても。

「何事も経験だ。そのおかげで一日の大半、彼女のことを考えて過ごしてる。そしてそのせいで、さらに惚れてしまうという悪循環に陥ってもいる」

「ちょっと！　智也さん！　やめてください」

もう我慢できない。穴があったら入りたい。彼に手を掴まれていなければ、おそらく瞬時にこの場から逃げだしているだろう。

「本当に？　へえ。すごいな、君」

なにを褒められているのかわからない。どうしたらいいか考えながら、とりあえずふにゃっと曖昧に笑う。

こんな調子で久々にバスケをして、果たして勝てるのか自信がなくなってきた。すでにいっぱいいっぱいだ。

「皆とプレイするつもりだったが、ワンゲームだけ。彼女とふたりでやらせてくれないか」

コートの真ん中まで来ると、智也さんが選手たちに言った。

「いいですよ。カップル対決なんて粋ですね。ケンカですか？　俺たちが見届けます」

「よかったらこれを。サイズは合うかな。松雪さんもどうぞ」

ひとりの選手がシューズを二足持ってきてくれた。女性用のものを履いてみる。

「ぴったりです。ありがとうございます」

「おお。ありがとう」

智也さんもシューズを履いて、紐《ひも》を結ぶ。

選手たちが珍しそうに見物している異様な空気の中、彼は先ほど話していた選手から投げられたボールをパシッと受け取ると、足元で軽くドリブルをする。

「ワンゴールで終わりだ」

「はい」

もうあとには引けない。やるしかないのだ。

覚悟を決めた瞬間、智也さんから選手にボールが投げ返される。それが高く頭上に放たれ、私は彼と同時にジャンプした。

えっ。高い！

私よりもさらに高く跳び上がった智也さんがボールを取った瞬間、今度は身体を低くしてドリブルをしながら駆けだした。

速い！　なんで？

私は彼のプレイに手も足も出ない。必死で走るが、速すぎて追いつけない。

まさかこのまま、ボールに触れることもなく終わるの⁉　負ける……っ！

そう思った瞬間、ゴールの下で彼の足がピタッと止まった。ドリブルをしたまま私を振り返る。私も走るのをやめて彼を睨んだ。

「このままスピードだけで勝ってしまうと、あとから君に恨まれそうだ。チャンスをあげよう。俺はもうここから一歩も動かない。俺からボールを取ってみろよ」

ゆっくりとドリブルをしながら、ニヤニヤとした笑みを浮かべる彼からは、簡単にボールを奪えそうな気がした。

「情け深いんですね。ありがたいですが、その隙は致命傷ですよ!」

そう言った瞬間、彼に向かって飛びかかるようにボールを奪いに行く。それをサッとよけながら、彼はまだ余裕顔だ。

両手両足を動かしながら、私は隙を探す。

「ほら、抜いてみて。まだやれるだろ?」

息を切らしながら必死になる。

本当に速い。どうしても彼の持つボールに触れない。まるで私の動きを予測しているかのようだ。

彼のボールを扱う手さばきは、もはや神のようにさえ思える。今までに、これほどのスピードの選手には会ったことがない。

「どうして……!」

悔しい気持ちが言葉になって漏れ出す。

「もう終わりにしないとキリがないな。君が疲れるだけだ」

彼が呟いたのが聞こえた、そのとき。

――シュッ。

一瞬の出来事だった。

ゴールを通過したボールが、目の前にストーンとまっすぐに落ちた。それはスローモーションのように私の瞳に映った。

智也さんが放ったシュートが、綺麗な弧を描いて吸い込まれるようにゴールに入っていった瞬間から、私の動きは止まっていた。大勢の選手たちも、黙ったまま私たちを見比べている。

「ごめん、俺の勝ちだね。勝負は終わり」

シューズを脱ぎ始めた彼の隣で、私も脱ぐ。

「預かります」

ひとりの選手に言われ、智也さんがシューズを渡す。

「悪い。ありがとう」

私も彼に倣い、靴を預けた。

そのまま呆然とする私の手をそっと握ると、彼は選手たちのほうを向いた。

「ありがとう、また来るよ。邪魔して悪い」

「腕は鈍ってませんね。またぜひ、今度は俺たちと。待ってます」

彼らに手を振って、智也さんはそのまま歩きだす。

私の靴の前で止まると、「行くよ。履いて」と促した。言われるがままに靴を履くと、彼は再び歩いていく。

観覧席に置いてあった上着とネクタイ、私のバッグをサッと掴むと、そのまま出入口へと向かう。

……ちょっと待って。私は学生時代のほとんどをバスケットボールに費やしてきた。恋をする時間も、好きな人を見つける暇もなかった。少女時代に経験するはずだった当たり前の思春期に起こり得ることを、ずっと封印してきたのに。

いつしかそれは、男性に間違えられるほどの影響を私の心と身体に与えた。そうやって、無理やり自分を納得させてきた。なのにどうして、今の私はあなたに勝てないの。私は今までなにをしてきたの。

彼に手を引かれて歩きながら、泣きたくなる。だけど必死でそれを堪えた。

ジムの外まで来てから、彼は足を止めた。ゆっくりと私のほうを向くと、顔を黙って見つめる。私はそんな彼を見上げた。

「ぶ……っ。くくっ。ふははは」

笑いを堪えながらも、我慢できなくなったかのように笑いだす。

「なにが……おかしいんでしゅか」

あ、噛んだ。涙を堪えていると、いつも変な話し方になってしまう。

「あははは っ」

私の言葉を聞いて、彼は今度は本気で笑った。そんな彼を睨むように見る。

「やっぱりいいな。君は最高だ。悔しがる顔がたまらない」

「意味が……わからないですうっ」

ふて腐れる私の頭を軽く撫でながら、笑いすぎて出た涙を拭う。

彼が言う通り悔しいはずなのに、そんな彼を格好いいだなんて思うんだから、恋は不思議だ。

心の中に大きな渦が回っているみたい。女の子に恋をされて調子に乗ってなんかいないで、もっと早く誰かを好きになりたかった。ここであなたに、いとも簡単に負けてしまうのならば。

彼の行動のすべてが、私を恋へと導いているような気がする。

「ごめん。実はさ、俺はもともとチームに所属してた。本気でバスケに取り組んでたんだ」

「えっ、プロだったんですか？」

「グローバルスノーで仕事もしながらだから、半分プロなのかな。試合にはよく出てたけど」

唖然とする。下手だなんて言っていたくせに。

「ひどい。じゃあ、初めから負けるはずなかったんですね。勝算があったから勝負したんだ」

私はもう泣きだしていた。

リセットして告白しようだなんて思い上がって、なにもかもをやり直せる気がしていたのに。

「帰ります。私をバカにして楽しかったですか」

自分でも嫌な言い方だと思う。負けたことに八つ当たりしても虚しいだけなのに。

「おかげさまで、私は学生時代からしてきたことになんの意味もなかったと実感できました。他の人と同じように恋でもしていればよかったと、心から思いました」

「冗談じゃない。君のしてきたことが無意味だなんて誰が言ったの。恋なら、これからいくらでもできる。俺とね。これからの君はバスケの技じゃなくて、俺に愛されることを覚える。……それを伝えたかった」

優しく私を見つめる瞳。濡れた頬をそっと拭う温かい指。

もうとっくに始まっている。あなたに向かっての止まらない想い。

「智也さんは……本気じゃないから。信じるのが怖いんです」

「参ったな。これだけ言ってもまだ足りないのか。じゃあ早速だが、勝った褒美をいただこうかな」

その綺麗な笑顔が私だけに向けられるのなら。桃華さんの存在がなかったなら。私も素直に酔いしれることができるのに。

「あげるものなど、私にはなにもありません」

今この手に持っているのは、あなたを好きな気持ちだけ。だがそれは、ここで素直に差し出していいものではない。

「褒美をもらうだなんて言ったけど、本当はなにも欲しくはないよ。ただ……こうしていてくれたら、それだけでいいんだ」

そのままギュッと抱きしめられる。

「ずっと……こうやって触れていたい。修吾に君を渡したくないんだ。どうしたらいい？　どうすれば信じてもらえるんだ……？　君を俺のものにはできないのか？」

私もあなたを諦めたくはない。だけど、初めて好きになった人には婚約者がいた。強がって逃げることしか今の私には思いつかない。

だらりと垂れた私の両手に、次第に力が入ってくる。いけないと思いつつも、それがいつしか彼の背を這い上がり、シャツにしがみついていた。

私の肩にのせられた彼の頭がそっと動いて、私と目が合う。その吐息が首筋にかかり、私は目を閉じた。そのまま首筋に、彼の優しいキスが落ちてくる。

「夢子、俺はどうしても……ダメなのか。君に受け入れてはもらえないのか……？この先なにをしても？」

足が震えてくる。ダメなわけない。ずっと好きだった。あなただけを見ていた。

智也さんの吐息が肌に沁みて、身体の力が抜けそうになる。

「ダメ……ですよ……。どうしても」

桃華さんの顔が思い出され、それしか言えない。だけど彼の背にしがみついた私の手は、さらに強くシャツを握りしめた。

欲求と嘘のアンバランスに、心が切なく悲鳴を上げていた。

正直になってもいいですか

# 婚約者の作戦です［智也ｓｉｄｅ］

「君のササ印での研修はもう終了にしてほしい、と松雪社長から言われたんだが、そうしてもいいかい？」

「父が？　どうしてですか。笹岡社長がなにかおっしゃったんですか」

「私に聞くよりも、君のほうになにか心当たりがあるんじゃないかい？　ここにいたら不都合なことがあるんだろ？　たとえば、一緒に仕事をしたらいけない相手がいるとかな」

夢子とバスケの勝負をした日から、一週間が経過していた。

あれから彼女と出かける機会はなかった。彼女の企画が通り、発売に至るまでの準備のため連日残業が続いていたからだ。もちろん彼女も同じ状況なので、修吾とはまだ会ってはいないと思うが。

そんな中、呼び出された社長室で笹岡社長が言った言葉に、俺は首をかしげる。

「来月にでもグローバルスノーに戻るといい。私から言うことはもうないから」

「待ってください。どういうことですか。心当たりなんかありません。今は夢子さんの企画が最終段階に入りつつあるんです。今月で抜けるだなんて無責任なことはできません。私から父に話をするまで待っていただけませんか」

急にどういうことだろう。人間関係ならうまくいっている。一緒にいて不都合な相手などいない。

グローバルスノーには、俺が戻らなくとも修吾がいる。バスケットボールチームにしても、しばらくは大きな試合の予定もない。

「君に以前話したことを覚えているかい？」

あれこれ考える俺に、笹岡社長が言う。

「なんですか？」

笹岡社長の顔を見ると、笑みが消えていた。

「夢子と付き合う男には、もれなくこの会社がついてくる。本気じゃないなら、今のうちに別れてほしいと」

笹岡社長はなにを言いたいのか。彼の真剣な目をじっと見つめる。

「いい加減な気持ちでいられては、大勢の社員の運命まで変えてしまいかねないんだよ。どうやら君には自覚が足りなかったようだ」

「ど、どういう……！」

急な話の流れに驚く。聞き返そうとすると、笹岡社長が話を続けた。

「夢子と君のふたりの間で現在どんな話になっているかは、私にはわからない。だが、夢子がお見合いをすると言いだしたときも、本当は違和感を覚えていた。君はそれを許したのだろうか、とね」

スッと立ち上がると、俺に背を向けて窓に向かって歩きだした。

「だが今朝、会社にかかってきた一本の電話により、すべての疑問の答えが見えた気がした」

俺を振り返らずに窓の外を眺めながら、笹岡社長は話し続ける。

「修吾くんが夢子の見合い相手で、その縁談がうまくいけば、彼がササ印の後継者になる予定だった。グローバルスノーには優秀な後継者がすでにいたからね。……それが君だった」

まだ話の先が読めない。もどかしさと戦いながら、黙ったままで聞く。

「だがその前に、夢子の恋人として君が現れた。グローバルスノーを継ぐための研修を、このササ印でしている君がね。あとわずかで君はササ印の経営陣側に異動する予定だった。さらに真髄まで学ぶために。君たちが本気ならば、すべては願ってもないほどに順調だったんだ」

笹岡社長は振り返って俺を見る。表情は意外にも穏やかだ。口調からして、険しいものとばかり思っていた。

「私と松雪社長とは古くからの友人だ。私は彼を信頼しているし、彼も私を大切な友として考えてくれている。大切な後継者を私に預けるほどにね」

「ですから私はここで、これからも夢子さんと――」

「正直なところ、グローバルスノーの後継者が君から修吾くんに変わっただけのことだと簡単に考えていたよ。君たち兄弟はどちらにしても優秀だろうし、うちの後継者は夢子ひとりだから、ササ印にとってはいずれにしても幸運だ。どちらが来てくれても大歓迎だ」

真剣に話を聞く俺に、笹岡社長はニッコリと笑った。

「夢子の恋人が君だったことは、誤算ではあったが奇跡にも近い偶然だった。だが、事情を知ってしまったなら、そうも言えなくなった。……まさか君に、夢子以外の婚約者がいたとはね」

息が止まりそうになるほどに驚いた。目を見開いたまま笹岡社長を見つめる。

「直江桃華さん。今朝、連絡があった女性だ。もちろん知っているだろう？　直江ゴムのご令嬢らしいね。直江ゴムは、グローバルスノーの重要な取引先だ。拭いきれな

ない。

かった違和感の原因は、彼女の存在だったようだ。恥ずかしながら私はそれを知らなかったんだが」

笑顔のままだが、瞳の奥は笑ってはいない。笹岡社長の静かな気迫に、なにも言えない。

笹岡社長が違和感を覚えていたなら、本当は、それは桃華の存在だけが原因ではない。夢子との婚約の事実自体が嘘だったことだ。

「直江さんの電話を切ってから、松雪社長にどういうことかを確認しようと電話したよ。だが松雪社長は、夢子と君のことをなにも聞いてはいないようだね。あえて私も君たちの関係については言わなかった。桃華さんと君が結婚する段取りが整い始めているみたいだったよ。そして君をグローバルスノーに戻してほしいとも言われたんだ」

「違います。そうですけど、それは……」

どう言えばいいか、慎重に言葉を探す。

「直江さんは、君を返してほしいと言っていたよ。……夢子が君を彼女から奪ったのかい？　うちの娘はそんな器用な真似《まね》ができたのかね。恋をしたこともない不器用な子だと思っていたんだが」

「いいえ。夢子さんは純粋で、心の綺麗な女性です。好きになったのは私のほうです。

桃華とは、きちんと話をつけます。だから……」

　最悪な形で笹岡社長に知られてしまった。

　普通に考えたら、俺が婚約者のいる身で夢子をたぶらかしたと思われてもおかしくはない。親ならば、娘から遠ざけようとするのは当たり前のことだ。

「悪いが、今の君からなにを言われても、どうやら信じられそうにない。とりあえずは一旦、松雪社長の申し出を受けることにした。君は来月からグローバルスノーに戻りなさい」

　どう説明しても、笹岡社長が言う通り信じてはもらえないだろう。今は距離を置くしかないようだ。

「……わかりました。失礼いたします」

　立ち上がり、深く頭を下げると、そのまま社長室をあとにした。

　桃華が嘘をついたわけではないが、正直腹立たしく思う。彼女の思惑は、拍手を送りたくなるほどにうまくいったようだ。夢子と俺を引き離す一番確実な方法を選んだ。

　廊下を歩きながら天井を見上げる。

　バスケットボール対決のあと、ジムの前で思わず夢子を抱きしめた。このまま離したくはないのだと訴えた俺に、彼女はイエスとは言わなかった。

溢れ出る感情を持て余し、一緒にいたらなにをするかわからない自分が怖くなった。彼女をその場に残し、逃げるように立ち去った俺の後ろ姿を、彼女はどんな気持ちで見ていたのか。

はあ、と思わずため息を漏らすと同時に、前を向く。

今はササ印を去り、信頼回復に努めることが先決だ。誰を責めても、起こったことはすべて事実。そんなことを思いながら部署へと急いだ。

「松雪さん！　もしかしたら、サインペンの速乾性インクの特許を出願できるかもしれないそうです！」

「本当に？」

部署へと足を踏み入れた瞬間、夢子が俺に駆け寄ってきた。

「はい。工場から打診があって。これが通ればすごいことですよね」

眩しいほどの満面の笑みを俺に向け、興奮気味に話す彼女を見下ろす。

「そうか。本当にすごいな」

「私、ここまでになってきて、ようやくなんだか自信がついてきました」

「君はよく頑張った。いつかやり遂げると思ってたよ」

嬉しそうに俺を見上げる目は、キラキラと輝いている。そんな君に、俺はなにができるだろう。

困っている君につけ入るように、婚約者のフリをすることを提案した。お金を受け取り、さもそれが対価であるかのように。

彼女が目的を果たしても、俺は婚約を継続することを望んだ。だが今は、桃華の存在が君の良心を苦しめている。

すべてを終わらせ、もう一度君と出会いたい。なんのしがらみもない状態で、思いきり気持ちを伝えたいのだ。

「俺がいなくても、しばらくは大丈夫そうだな」

彼女の耳元で、声をひそめてぼそっと言う。

「え？」

もう一度君に出会うときには、すべてを終わらせているはずだ。そう信じている。

「グローバルスノーに戻ることになったんだ。俺はササ印を今月で辞める」

笑顔で告げた俺を見上げ、彼女は口を開いたまま絶句した。そんな彼女をじっと見つめる。

「商品化は……あの、これからなんです。特許の話もまだ出たばかりで。松雪さんがいなくなるのはとても困るし……」

しばらくしてから夢子は、オロオロした様子でぽつりぽつりと話し始めた。俺は彼女の頭をポンポンと撫でながら、微かに笑う。

「君は大丈夫だ。俺がいなくなっても充分にやれる。それにほら、俺みたいなのが横に張りついてるとやりにくいだろ？　前にも言ったけど、俺は嫉妬深いからな」

周囲に聞こえないように気を配りながら、ひそひそと話した。動揺を隠し、わざと冗談交じりの言い方をした。

この程度のことはなんでもないことだと思ってほしい。ふたりの未来にとって、なんの障壁にもならないと。どうか俺のことを忘れずに待っていてほしい。

「智……いえ、松雪さんは勝手です。急にいなくなるだなんて。せっかく商品化できそうになったのに、これじゃ中途半端ですよ。投げ出すつもりですか。困ります」

夢子の少し大きな声が部署の中に響いた。彼女の動揺が伝わってくる。皆が何事かとこちらを向いた。

「なんだ？　今まで褒めてもらいたくてやってきたのか？　そうじゃないだろ。俺がいなくても大丈夫なんだろ？」

クスクスと笑いながら話す。

きっと、からかうような口調でそんな言い方をしたら、君は『当たり前です！』と返してくるだろう。

一旦グローバルスノーに戻って父に自分の想いを告げることは、今の俺にとっては必要不可欠なのだ。原点からやり直したい。桃華の電話一本で簡単に引き離されてしまうような脆《もろ》い関係のままでは、これから先も同じことが起こってしまう気がする。

俺たちの背にのしかかる、会社への責任や重圧。それを抱えたままでも決して倒れたりはしない、心の奥からの結びつき。それがどうしても欲しい。

だが夢子の反応は予想とは逆だった。今にも泣きだしそうな目で俺を睨んでいる。

「もちろんここまで頑張ったのは、褒めてもらいたいからだけではありません。新商品のことを考えて、それを使う人の笑顔が見たいと本気で思ってきました」

辺りが静まり返っている。俺を含め、部署にいる全員が夢子の話を聞いている。

「だけど智也さんが、私を甘やかすからいけないんです。そうしてもらえるといつしか、さらにもっと頑張れるようになっていました。あなたが言うように、確かに私はあなたに褒めてもらうことで、もっといいアイデアが出る気がしています。それはいけないことなんですか？」

夢子の目に涙がたまり始めている。そんな彼女を、皆は唖然と見ていた。

「なのに急にいなくなるだなんて。グローバルスノーに戻るということは、向こうを継ぐことを決めたんですね。ようやく桃華さんのことを考えだしたということですか」

「ちが――」

「智也さんの気持ちはわかりました。今までお世話になりました。じゃあ私も修吾さんに向き合います。だけど……私と勝負までして、いったいなにを言いたかったのかがわかりません。やっぱりあなたの話を信じなくてよかったです」

それだけ言って俺から目を逸らすと、彼女は出入口に向かって駆けだした。

「夢子」

俺も彼女のあとを追おうとしたが、ふと考えて足を止めた。

彼女になにを言うというのか。今のままの俺では、彼女を納得させる材料がない。

「松雪さん……。ケンカですか？　別れたとか聞いたけど、大丈夫なんですか？　追わないとまずいんじゃないですか」

近くにいた部下がおそるおそる言う。それには答えずに席に向かった。

「皆悪いな。驚かせた。もう痴話《ちわ》ゲンカの見物は終わりだ。仕事するぞー」

俺が皆に向かって言うと、微妙な空気のまま、彼らは業務に戻り始めた。

# 会いたくてたまりません

智也さんがササ印からいなくなって、一ヵ月が経過していた。

空いた課長職は部長がしばらく兼任することになり、智也さんが手がけていた多くの企画は、いろんな人で分担することになった。

忙しい時期と重なり、送別会を催す暇もなく、彼は風のように私の前から消えてしまった。彼の退職を惜しむ声は多く、恋人だと思われている私に現在の彼の様子を聞いてくる人も絶えない。彼がどれだけここで存在を確立し、人気が高かったかが窺《うかが》える。

彼はもう、私とはなんの関係もなくなってしまった。会社で顔を見ることもなければ、婚約者として振る舞うこともない。今も私の首にかかるネックレスだけが、彼と甘い時間を過ごした証だ。

「明日から店頭に並ぶんですね。松雪さんもいたらよかったですね」

隣のデスクの後輩が、サインペンを手にしながら言う。

「うん。松雪さんのアドバイスでここまで来たからね。ちょっと寂しいよね」

無理やり笑顔を作り、彼女を見た。

「笹岡さん、大丈夫ですか？　なんだか、今にも泣きだしそうな顔をしていますよ」

彼女は私を見て、心配そうな表情になった。

「えっ、そんなことないよ。商品化になってこんなに嬉しいのに、泣くわけないでしょ」

指摘されると、せっかく我慢しているのに気持ちが張り裂けそうになる。

「そうですかー？　でも松雪さんがいなくなってから、笹岡さんはいつも表情が暗いですよ」

「そんなことないってば」

彼女から目を逸らす。

「別れたって本当なんですね。異色カップルで面白かったから、うまくいってほしかったな。社内一のモテ男と、ボーイッシュな笹岡さん。ふたりともすらっと背が高くて素敵だったのに。並ぶと美男美女だったし」

「とんでもない。松雪さんに失礼だわ」

憧れていた人と近づけた日々は、あっという間に過ぎていった。

やはり、終わりはあっけなく訪れた。バスケットボールで負かされたとき、私が彼に敵うことなどないのだと思い知り、同時にさらに彼を遠くに感じた。

私の頬を優しく包んだ手は、桃華さんを守るためのものだった。耳元で囁いた甘く掠《かす》れた声も、何度も見とれたその笑顔も。

必死で忘れようとしていると、逆に強く思い出される。

苦しくて、痛い。胸の奥から彼の記憶をすべて消してしまいたい。

そのとき、デスクの上に置いてある携帯が揺れた。

「あ、電話だ。ごめん」

後輩に言って画面を見ると、父からの着信だった。


「企画課の笹岡です」

社長室のドアをノックする。

「入りなさい」

中から父の声がしたので、ドアを開けて入った。閉めてから部屋の中を見る。

「お父さん、急に呼ばないでよ。身元がバレるでしょ？　もしも会議中だったら――」

そこまで話して、黙った。父のデスクの横に立つ、長身の男性が見えたからだ。魅惑的な笑顔で私を見ている。

「やあ。夢子さん」

にこやかに片手を上げた彼は、一瞬智也さんかと思ったが違う。よく似ているが、まったくの別人だ。

「修吾さん、どうしてここにいるの？」

尋ねると、彼は拗ねた声で言う。

「どうしてだなんて、ひどいな。君に会いたくてわざわざ来たのに」

「は？　仕事中ですよ？　こんな時間になに言ってるの」

呆れた私を見て、彼はふっと笑った。

「冗談だよ。笹岡社長に呼ばれたんだ。久々に会ったのに、ずいぶん冷たいんじゃない？　引き継ぎの仕事をまとめるのに忙しくてさ。君に連絡できずにいたけど、ずっと会いたいと思ってたんだよ？」

「私のほうも忙しくて。修吾さんのことは、気になってはいましたけど。……引き継ぎって？」

そこまで言うと、父が話に割って入った。

「修吾くんを呼んだのは私だよ。彼も忙しいだろうが、ササ印に研修に来る準備も、同時にしないとな」

父の話に驚いた。

「ササ印で研修？　まさか、今度は修吾さんが？」

「そうだよ。兄さんがグローバルスノーに帰ってきたから、俺がこちらに来ることになってね。そうですよね、笹岡社長」

彼の話に頷く父を見て、ふたりがいつの間にこんなに打ち解けていたのかとさらに驚く。智也さんは、父の前では緊張して常に一線を引いていた。兄弟のタイプが真逆なのを改めて感じる。

「修吾くんはお前と結婚するんだから、これは当然の流れだろう。経営学をしっかり学んでもらわないとな」

「はい。覚悟はできてますよ。兄さん以上に頑張りますから、期待してください」

にこやかに話すふたりの会話に唖然とする。智也さんが去って、まだ一ヵ月しか経ってはいないのに。

「結婚なんて。まだ決まったわけでもないのに話が飛躍しすぎだわ。智也さんがいなくなった途端に、そんなことって」

父の変わり身の早さに呆れてしまいそうだ。先日まで智也さんに期待していたのに。松雪家の人なら誰でもいいの？

「お見合いを断らなかった時点で、そうなるのは当たり前だろ？　松雪くんには婚約者がいたんだから、当然うちのほうは修吾くんに期待する」

「夢子さん、ひどいじゃない。俺と付き合うって言ったじゃん。これから会社で毎日会えるのに、どうして喜んでくれないの。あ、そうか。長い間会えなかったからやっぱり拗ねてるんだね」

「そうなのか？　なんだ、そんなことか。ははっ」

笑い合うふたりを見て、ため息が出る。

どうしてそうなるのよ、と思ったが、言っても無駄だと感じ、黙る。

「実は、付き合うと決めてからまだ一度もデートしてないんですよ。仕事の引き継ぎなんかでタイミングが合わなくて。今日は空いてるよ？　仕事が終わってからご飯でもどう？」

「おお、そうか。行ってくるといい」

確かに智也さんのことばかりで、修吾さんとはまともに会うことがなかった。でも今となってはもう、智也さんとのことを考える材料すらない。

「じゃあ、修吾くん。こちらに来るのは来週からでいいかね？」

「ええ、いつでもいいですよ。グローバルスノーでの業務は兄さんが引き継ぎますから。まあ、兄さんはもうほとんど業務内容を把握してますしね」

智也さんの様子が話題にのぼり、ドキッとする。

彼は今、どうしているのだろう。結婚準備なんかは進んでいるのだろうか。桃華さんと毎日を一緒に過ごしているのかな。

聞きたいが、まさか今、修吾さんに聞くわけにはいかない。たとえ聞いたとしても悲しいだけだろう。

私は俯いた。

どうしよう。どうしたらいいの。会いたい。会いたくてたまらない。

『俺が君に対してしようとしていることは、果たして正解なのかわからない。だけど、女性として当たり前に感じるはずの幸せを諦めてほしくはないんだ。仕事も恋愛も、君らしさを貫いてほしいと思う』

微かに笑いながら優しい目で私を見つめる。そんな彼は、今はもうここにはいない。

忘れることなどできはしない。泣きそうだと後輩に言われたとき、否定しないで思いきり泣けばよかった。そしたらいくらかは気持ちが晴れたのかもしれない。

一ヵ月間どれだけ目を逸らしてごまかしても、好きな気持ちが消えるはずなどない。

『改めて言うよ。君が好きだ。絶対に離さないから。必ずわかってもらう。俺の気持ちを』

どうしてあのとき、その胸に飛び込み、『私もずっとあなたが好きだった』と伝えなかったのだろう。あなたにいくら言われても、素直にはなれなかった。

今になって思えば、それもそのはずだ。すでにあなたはいない。こうなることが、まるで初めから決まっていたかのように。

気づいたときにはもう、涙が頬を伝っていた。優しくて温かい彼の手が恋しくて、胸が苦しい。

「夢子……お前」

父の声に顔を上げる。

「ごめんなさい。……まだ……私は……」

ふたりの困惑した顔が、溢れる涙で見えなくなっていく。

なぜあんなに強がれたのだろう。差し出された手を素直に掴んで離さなければよかった。二度と会えなくなるなんて、思いもしなかった。

『君はまっすぐで嘘がない』

彼の声が頭の中で響く。嘘がない、だなんてあり得ない。

いつも気持ちとは裏腹の態度を取ってきた。婚約指輪だって本当は、肌身離さず、ずっとはめていたかった。心が震えるほどに嬉しかった。

「お父さん、修吾さん……。一生のお願い。……智也さんと会って話すまで、待ってほしいの。……確かめてみたいの」

やっとの思いで頼んだ。普段の私ならば、強がって絶対に言わなかっただろう。意地っ張りで負けず嫌いな私を、彼がここまで変えた。

「おや。今さらだが、君のお兄さんに会いたいそうだよ。どうするかね？　修吾くん。今の婚約者は君だからね。君が決めるといい」

「うーん、そうですね。一応今は俺と付き合ってるんだし、できたら兄さんに会うのはやめてほしいですね～。そう思いませんか、笹岡社長。だけど……そんなに会いたいなら一度くらいは仕方ないかなぁ」

ふたりの話し方に違和感を覚え、涙を拭って見つめ直す。

はっきりと目に映ったふたりは、楽しそうにニコニコと笑っている。

思わず尋ねた私に、修吾さんが言う。

「どうして……？」

「いや、笹岡社長がね。素直じゃない夢子さんに手を焼いてて、見てられないって言ってさ。見合いのあとにかかってきた電話でちょっと芝居を頼まれて。君と付き合うことにするフリをしたんだ」

「帰ってきた途端に修吾くんに会いたいだなんて、変じゃないか。松雪くんとケンカしたとしか思えないだろう。松雪くんを辞めさせたのは私だよ。彼の意志じゃない。彼は強く抵抗したが、なにか考えがあったんだろう。結局は了承して辞めたよ」

　私は驚いて言葉を失った。

　智也さんは、自ら去ったわけではなかった。抵抗していた？

「本人の意志とは関係のない婚約者がいるのも、我々実業家の世界では珍しい話ではない。だが、相手のある話だからけじめは必要だ。直江さんに至っては、松雪くんを返してほしいとはっきり言ってきたからな。彼女を納得させないといけないことは、彼もわかっているだろう」

　父は笑顔のまま話す。

「彼は一度、グローバルスノーに戻って考え直したほうがいいと思ってな。これからどうするかは彼次第だがね。夢子のことが本当に好きなら、彼はここに戻るだろう。なにもかもを捨ててでもな」

「俺も実は興味があってさ。あんなに真剣な兄さんは見たことがないからね。どうなるんだろうと思ってさ」

　ふたりはケラケラと笑いだす。私はそんなふたりを見て、固まっていた。

　だが、そこでハッとする。

「……修吾さん。お見合いを継続しようとしたのは、フリだったと言いましたよね。じゃあやっぱり、智也さんが言うように、あなたは桃華さんを？」

「付き合うと決めてから、およそ一ヵ月以上。連絡もお互いにしないまま今に至る。普通に考えて、付き合っているなら、これだけ日にちが空くのはあり得ない期間だ。

「それはどうかな。たとえ俺がいくら桃華を想ってても、結果は相手次第だよね。君たちだってそうだよ？　兄さんは君と同じで意地っ張りなんだ。プライドが高くてさ。俺と君が付き合うとでも言わないと、本気を見せないだろう？」

　まさか、私と智也さんは、このふたりの思惑にまんまとはまっているのだろうか。ただ、彼がこの事態をどう思うかはわからないが。

　もしかしたら、父と修吾さんのしたことは、智也さんにとってはありがた迷惑かもしれない。ならば、確かめたらいい。本人に気持ちを聞けばいい。

「あの、私、これから……」

「もし君がこれからどこかへ行きたいならば、もうすぐ終業時刻だよ？　ちなみに、グローバルスノーも同じ時刻が定時だ。もう会社は終わるから、今から出かけるのは自由ですよね、社長？」

「ああ。あと三分で終業だ。どこかに出かけるつもりなら、帰りが遅くなる場合は電話をしなさい。母さんが心配する」

ふたりの言葉を聞いて、私は頷いた。その直後に社長室を飛び出す。

そのままエレベーターで下の階へと行き、ロッカー室に向かう。中にあるバッグを掴むと肩にかけ、ロッカー室から出て駆けだした。

何年も本気で走っていなかった私の脚は、思いのほか速く動いた。まるで自分が風になったような感覚になり、必死で走った。

私が目指す先には、愛おしい笑顔がある。これまでとなんら変わりなく、私を優しく包み込んでくれる。

そう信じて。

# わかっていました

グローバルスノー本社前。

出入口の門の隣で、そびえ立つビルを見上げながら、私は息を切らして立っていた。

ササ印からタクシーで二十五分。正面で降りたが、やはり会うのをやめて引き返そうと思い、徒歩で一旦この場を離れた。

十五分ほどウロウロして、やはりここまで来たのだから話だけはしようと思い立った。必ず後悔すると考えたからだ。慌てて再び走り、この場に舞い戻ってきた。

そんな私の横を社用車が通り過ぎる。中にいる人が不思議そうな顔で私を見ていく。

両手を胸の前でギュッと握り合わせ、深呼吸をする。風が髪を揺らすのを感じながら、きつく目を閉じた。

右手で包んだ左手の薬指には、あの日はめてもらった婚約指輪がある。私のものではないと言い聞かせ、遠ざけてきた。返す勇気も身につける勇気もないまま、行き場をなくしたこの指輪は、私のバッグの中に幾日もひっそりと収まっていた。

はっきりと気持ちを伝えよう。申し訳ないけれど今日だけは桃華さんに遠慮しない。

偽りで始まった婚約だけど、心の中はいつだってあなたへの気持ちが溢れていた。笑いかけられるたびに、その笑顔が愛おしさからくるものならいいのにと願ってきた。もう遅いかもしれない。黙って私の元を去ったあなたの心は、おそらく決まっているだろう。

だけど、修吾さんの話が本当ならば。いつかササ印に帰ってくるつもりだとしたら。たとえわずかでも、可能性があるのなら賭けてみたい。ここで試合を放棄して、逃げだすわけにはいかないのだから。

私の信念は、常に本気で相手に向き合うこと。バスケに打ち込んでいた頃も、ずっとそうやって戦ってきたのだ。

「あの、笹岡夢子と申します。松雪智也さんと面会したいのですが」

正面受付に座っている女性に言う。終業時刻を過ぎているので受付はクローズしていると思っていたが、残業なのか、運よく人がいた。緊張で手足が震えてくる。

「松雪ですか。社長補佐の松雪智也でしょうか？　弊社は終業時刻となっておりますが、本日でよろしかったですか」

「はい……。できましたら」

オロオロしながら答えると、彼女がさらに尋ねてくる。

「失礼ですが、アポイントはお取りになっていますか」

淡々と事務的に言われ、戸惑う。

「いえ……。なにも」

「少々お待ちくださいませ」

どこかへ電話をかけ始めた彼女から目を逸らし、周囲を見渡す。

スポーツ用品の大きな看板のパネルが、すぐそばにある。駅前のビルにぶら下がっているものと同じだ。グローバルスノーの新商品のスポーツシューズをさまざまなカラーバリエーションで並べ、撮影している。

学生時代の私が使っていたのもグローバルスノーブランドだったが、当時のものと比べると、デザインが近代的でおしゃれになっている。新機能はなんなのか考えながら、それをまじまじと眺めていると、受付の女性が私を呼んだ。

「笹岡さま。そちらのエレベーターから二十七階にお進みくださいませ」

「にっ……二十七階ですか。はい……っ」

つい挙動不審になってしまう。

先日まで直属の上司だった彼が、高層階で有名ブランドメーカーの幹部になっていることを実感する。

ササ印にいてもいずれは幹部になる予定だっただろうが、グローバルスノーは自分が愛用していたメーカーだからだろうか、ここでの彼の地位に若干物怖《ものお》じしてしまう。

言われた通り、エレベーターにそそくさと乗り込み、二十七階のボタンを押した。

指に光る指輪を見て、気合いを入れ直す。

エレベーターのドアが開き、フロアに出た。

どこに向かえばいいのかわからないまま、ふかふかの絨毯《じゅうたん》が敷きつめられた廊下を歩いた。この階には社長室があるのか、内装にこだわりがあるように思う。

ドアがいくつかあるが、すべて閉められている。

「どうしよう」

不安が声になり、思わず呟いた瞬間。

——ガチャッ。

真横のドアが突然開き、中から男性がひょっこり顔を出した。至近距離で目が合う。

「うっぎゃあっ！」

驚いて変な声が出た。

「うわっ！」

相手も驚いたようだった。

「あー……びっくりした。開けたら目の前にいるからさ。今、迎えに出ようと思っていたんだ。……君が笹岡夢子さんかい？」

その人に言われ、コクコクと頷く。

誰だろう……？　智也さんはどこにいるんだろうか。

五十代くらいの年齢だと思われるその男性は、私を上から下までジロジロと眺める。

上品なスーツ姿のその男性には気品があり、目力が強い。

ビクビクしながら様子を見ていると、男性の視線が私の目で留まった。

「あの……」

「いやあ。聞いていた通りの子だね。すらっとしていて、実に爽やかだ！　いいね！　実にいいよ！　はははっ」

急に話しだした男性を、びっくりしながら見つめる。

「ようこそ、ようこそ！　君がいつ現れるか待っていたんだよ。よく来たねー」

ハイテンションな話し方で満面の笑みを浮かべた男性は、私の手をサッと掴むと、無理やり握手をしてブンブンと振った。

「いやー、智也が君に会えないせいで拗ねていてね。口もきいてくれないんだ。仕事も実にやりにくい！　本当にやりにくい！　あいつもガキで困るよ！」

「あなた……は……？」

　ようやくそれだけ聞けた。男性の圧倒的な勢いに呑まれて、ただ唖然としていた。

「あ、俺？　ああ、ごめんごめん！　驚くよな。俺は松雪悠一《ゆういち》。智也と修吾の父だよ」

　え。父？　ということは……。

「グローバルスノーの……松雪社長……？」

　やっとの思いで言うと、松雪社長はニッと笑った。

「正解っ！　よろしくね！　わははは」

　彼の反応にいちいちビクッと驚く。

　このハイテンションなおじさまが、智也さんのお父さま？

　落ち着いた印象の彼とはどうも結びつかない。だが、明るく愉快に話す修吾さんとはよく似ている気がした。

「あっ、あの。笹岡夢子です。受付でここに来るように言われて、来ました。智也さんは……？」

　尋ねると、松雪社長は笑顔を崩さないままで答える。

「智也はジムだよ。今日は練習があって、今は不在なんだ。あ、君をここに呼んだのは俺だから！　まあ、こっちに来て。智也が戻るまでしばらく話そうか」

驚きで解けてきていた緊張が、再び急激に襲ってくる。

ふたりでなにを話すのだろう。まさか桃華さんのこととか、私がこうしてここまで来たことの説明を求めるつもりなのかもしれない。そしたらどう言うべきなんだろう。

簡単に経緯をまとめると、『智也さんには婚約者のフリを頼んでいたけど、終わったから修吾さんとお見合いしました』？　しかも、『やはり智也さんが好きだから、今さらですが告白します』ということ⁉　そんなことを言えるはずがない。

「話すことなんて、なにも……」

私がぼそっと呟くと、松雪社長の眉尻が下がる。

困ったように笑いながら、彼は私の背を押して、さらにこの先を歩くように促した。

「そんなに警戒しないで。俺はただ、笹岡のお嬢さんと仲良くなりたいだけなんだ」

あ。そうか。松雪社長は父を知っているんだ。

「父とはどういった間柄なんですか？」

私が興味深く思いながら尋ねると、彼の表情がパッと明るいものに戻った。

「お。ようやく話してくれる気になったかい？　君のお父さんは俺の友達だよ。昔、お互いにまだ若い頃、経営者の懇親会で知り合ったんだ。すぐ意気投合してね、朝までしょっちゅう飲み歩いていた。最近はお互いに忙しいけど、また時間があれば誘うつもりだよ」

歩きながらそこまで話すと、松雪社長がフロアの一番奥にあったドアを開いた。

「入って。そこに座って」

ドアに【CEO'S OFFICE】と書かれた金色の札がある。やはりこの男性は智也さんのお父さまなのだと、改めてわかる。いつか智也さんも、この部屋を拠点に仕事をするのだろうか。

勧められたソファに座ると、松雪社長が私の向かい側にドサッと座った。

「さて。挨拶はこれくらいにして、本題に入ろうかな。君がここまで来た理由は、おそらくうちの息子たち絡みのことだと思うが。違うかい？」

にこやかなままの顔で優しく言われるが、私の胸はバクバクと早鐘を打っている。

「私は……今日は、自分の気持ちにけじめをつけに来たんです。修吾さんとお見合いをして、お付き合いをすると決めたんですが……。でも」

「でも？　……なにか修吾に問題でも？」

正直に話したら反対されるだろうか。いい加減な考えの人間だと思われるんじゃないか。

黙って返事を待つ松雪社長は、じっと私の顔を凝視している。まるで私の考えていることを、話す前に読み取ろうとしているかのようだ。

「修吾さんに問題なんてありません。問題があるのは私のほうです。修吾さんは素敵な方です。私に興味があると言ってくれました。だけど、私には……どうしても忘れられない人がいます」

思いきって一気に告げた。表面には出さないように努めているが、本当は緊張で目《め》眩《まい》がしそうだ。

しばらくふたりでお互いの目を見る。松雪社長の言葉を待つこの時間が、とても長く感じる。早くなにか言ってほしいと願う。

「ぶっ……。ふふっ」

突然、松雪社長が吹き出した。私は驚いて、そんな彼を凝視する。

「ははっ。睨めっこは俺の負けだな。いいんだよ、夢子さん。君の気持ちはわかっていたから。もちろん、君がここに来た意味もね。実はね、種明かしをすると、最近の君たちの動きを事細かに実況中継してくれる強烈な電波があってね」

「はい？」

笑いを堪えた表情で、彼の話は続く。

「さっき話したよね。俺には昔からの友人がいる、と。彼がね、今になって逐一熱心に報告してくるんだよ。もうさー、面倒くさいんだよね。一日に何度もさ。俺だって鬼じゃないんだから、頭ごなしにふたりを引き離したりはしないよ。失礼だよな。君からも言ってくれない？　あ、ちなみに失礼な電波役の彼は、君の父上だがね」

　私は開いた口に手を添える。

「智也にもらったのかい？　綺麗な指輪だね。我が息子ながら、なかなかセンスがいい。欲を言えば、もっと目立つデザインのほうが似合うかな。俺から見ると君には少々地味な気がする」

「えっ。あっ……」

　慌てて手を下ろした私を見て、松雪社長はクスクスと笑う。

「まあ、このまま待っていて。もうそろそろかな。一応親子だからね、彼の行動が不思議なほどに読めるんだ。あいつは修吾よりもわかりやすいからね」

　松雪社長が言っていることの意味がわからず、私は首をかしげた。

## やはり、予想通りでした［智也ｓｉｄｅ］

「智也、ナイスカット」

練習中のミニゲームで、相手からのボールを奪った俺が同期の誠司《せいじ》にパスをすると、彼がそのまま放ったシュートが決まった。彼とハイタッチをしながら、リストバンドで汗を拭う。

今の俺にはバスケと仕事に打ち込む以外に、夢子への気持ちをごまかす方法がなかった。バスケと向き合う時間には、ただ夢中で自分を痛めつけるように身体を動かした。

「よーし、今日はここまで。お疲れ」

コーチの声が響き、皆はコートから出る。

どれだけ必死で夢子のことを考えないようにしても、いつも頭の中には彼女の笑顔がある。

いけないと思えば思うほど、会いたい気持ちが募る。だが今は、まだ会いに行くわけにはいかない。桃華とのことをはっきりさせないと、夢子に会う資格なんてないのだから。

「お前さ、大丈夫か？　あんまり無理すると身体を壊すぞ。今日もこれから戻って残業するつもりか？」

更衣室に入ってタオルに顔をうずめる俺の隣から、誠司の声がした。俺は顔を上げて微かに笑う。

「誠司も付き合うか？　販促から、プレゼン資料作りを手伝ってほしいと頼まれてる。今日も終わるのは夜中だな」

このチームに所属するメンバーは、一部を除き大半がグローバルスノーの社員だ。練習優先の毎日だが、勤務時間のおおよそ半分は各部署で業務に携わっている。

「いや、俺はいいよ。智也も少しは休んだほうがいい。ササ印から戻ってからどうかしてるぞ。顔色も悪い。俺でよければ、悩みがあるなら聞くけど」

心配そうに話す彼に、明るい口調で返す。

「あれ。心配してくれてるのか。お前は本当に昔から俺が好きだな。可愛いやつだ」

「バカ言え。お前に可愛いだなんて思われたくないんだよ。そういうことは好きな女に言え」

話しながら着替え終わった誠司が、バタンとロッカーを閉めてバッグを担いだ。

「じゃあな。智也の悩みが欲求不満なら、誰か女性を紹介するよ。仕事ばかりでそんな暇もないんだろ。必要ならいつでも言ってくれ」

「バカ。不自由してないよ。ひとりの子とすらうまくいかないのに」

「ははっ。それもそうか。そのひとりがダメなら次へ行け。じゃあ、俺は行くよ」

彼が去り、チームメイトもいなくなった。ひとり取り残され、そのままぼんやり考える。

誰を紹介されようと、今の俺が会いたいのも、欲しいと思うのも夢子だけ。他の女じゃ満たされない。勢いづいて、彼女の答えもわからないまま、プロポーズまでしてしまうほどに。

グローバルスノーに戻って、身辺を整理して出直そうと思ったのは確かだが、本当はうまくいかない状況から逃げだしただけなのかもしれない。俺を頑なに受け入れようとはしない夢子から、はっきりと拒絶されてしまうのが怖かったのだ。

再びコートに戻り、ドリブルをしながらゴールに向かって走る。

このまま風になって君の元まで行きたい。そしたらその髪を揺らし、首筋を流れ、ずっと君のそばを離れない。

シュートを放ち、ボールがザッとゴールに勢いよく落ちていく。そのままボールを拾うと、再び回り込んでゴールへと戻る。

いったいいつまで、こんな気持ちでいなければならないのか。

桃華に話をしようにも、俺を避けているのかずっと連絡がつかない。グローバルスノーへ戻ってから、なにひとつ前に進んではいない。

今はただ、受け入れてはもらえなくても、夢子の笑った顔が見たい。

少し前の昼休みの場面が思い出される。

『智也さん！　お昼は牛丼にしましょう！　私は特盛で！　お腹が空いてフラフラなんです』

『色気がないな。女の子はおしゃれなカフェとかが好きなんじゃないのか。牛丼って』

思わず言うと、彼女はムッとした顔で俺を見た。

『おしゃれなカフェに行きたいなら、そういうところがお好きな女性とどうぞ。色気がなくてすみませんでしたね。私はひとりで牛丼屋に行きますから、お構いなく』

向きを変えてスタスタと歩く彼女の手首を掴んだ。焦って言い訳をする。

『ひとりでなんて言うな。俺は夢子といたいんだよ。悪かったって。場所はどこでもいいんだ。機嫌を直して。俺も牛丼は好きだよ』

『智也さんは変わっていますよ。私といても楽しくなんかないですよ。カフェじゃなくて牛丼屋に行きたがる女ですからね。……変わっているのは、智也さんじゃなくて私ですね』

赤い顔でぼそぼそと彼女が呟く。そんな君を見ながら、クスッと笑う。

『楽しいよ。普通の子じゃもう物足りないな。君といると、いつも笑いを堪えるのに必死になる。君ほどの面白い子じゃないと、俺はダメみたいだ。俺をこんなにおかしくした責任はちゃんと取れよ』

『私のどこが面白いんですか?』

首をかしげる夢子の手を、ギュッと握った。

可愛くて、愛おしくて、切なくなる。毎日どんどん君を好きになる。

いつか君が振り向いてくれたら、愛おしさで包んであげたい。俺に愛されることで、女としての幸せを感じてくれたなら。

あのときは、近い将来に本気でそうできると信じていた。

ゴールから少し離れた場所から放ったシュートが、吸い込まれるように再びザッと入るのを見ながら立ち止まる。

このままでいていいはずなんてない。こうしている間にも、修吾と夢子の間になにかが生まれているかもしれない。

コートを出ようと振り返る。はやる気持ちが抑えきれなくなってくる。どうしても君に、今の気持ちをもう一度伝えたいと強く思う。偽りなどと言いながら、いつだって本気で君を求めていた。

コートを出た瞬間、早足になっていく。一度社屋に戻り、まずは父に俺の気持ちを説明しなければならない。

「そんなに急いでどこに行くんだよ」

廊下に出ようとした瞬間、背後から声がした。

驚いて振り返ると、修吾がコートに転がったボールを拾い上げながら俺を見ていた。

「修吾、どうしてここに?」

足を止めて彼を見る。

軽くドリブルをしながら、修吾も俺を見た。

「昔から本当に、兄さんを見てるとムカつくんだよな。俺が兄さんに勝てることなんかなにもなかった。バスケも勉強もさ。バスケを始めたのも俺が早かったのに、兄さんしかチームにスカウトされなかった」

修吾がパスしてきたボールを、咄嗟に受け取る。

「だけど恋愛だけは別だった。俺のほうが女の扱いがうまいよな」

「なんの話だ」

眉をひそめて彼を睨む。

「純情な桃華なんて、俺にかかれば一瞬で落とせるはずだったのに。だけど父さんは、俺じゃなく兄さんとあいつを結婚させようとしたんだ」

「お前……やっぱり」

今度こそ本当に間違いないと思った。修吾は桃華が好きなんだ。

「どうして修吾は自分の気持ちを言わなかったんだ。俺は初めから、桃華と結婚する気なんてなかった。婚約も了承してない。素直になれば、お前と婚約してたはずだ」

「すでに兄さんの婚約者だったからだよ。決まったものを、横からコソコソと気持ちを告げて奪うなんて卑怯《ひきょう》な真似はできない。俺だって、それがダメなことくらいはわかってる。だから逆に、あいつが自然と俺を好きになって、兄さんに別れを告げればいいんだと思った」

少し前まで、絶えず女性の影をちらつかせていた修吾。そんな彼を心配した父が、皮肉なことに、俺が気になっていた夢子との見合いを持ちかけた。修吾がそれを受けたのは、俺の予想通り、桃華の気を引くためだったようだ。

「桃華だって修吾が好きだよ。やけになって俺と結婚しようと思うほどにな。あいつだって必死だったんだ」

「桃華の気持ちはわからない。本人から好きだと言われたこともないし、残念ながら会えばいつもケンカになる」

「それはお前の行動が許せないからだよ」

ため息交じりに言う修吾を見て、夢子を本気で好きなわけではないとわかり、安堵する。

「だけど、夢子さんと兄さんが惹かれ合ってることはわかる。もどかしくて、思わず笹岡社長と父さんに協力したほどだ。兄さんが悩むのが楽しかったのに。本当に俺って損だよな」

彼の話の意味がわからない。笹岡社長と父さんに協力？

黙って考える俺を見て、修吾はおかしそうに笑う。

「あはは。いつもポーカーフェイスを崩さない兄さんのそんな顔が見られただけでも、協力した価値はあったかな。夢子さんって、本当にすごい女の子だよね。兄さんが本気じゃないなら、俺も惚れたかもな。彼女はしっかりと逃げずに向き合おうとしてる」

「どういうことだ？」

「俺も彼女を見習うよ。今さらだけど、桃華に向き合おうと思ってる。夢子さんを見てると、ようやくそんな気になれたんだ。あ、夢子さんなら、今頃父さんに捕まってるんじゃないかな。なにを話してるかは知らないけどね」

驚いて目を見開く。

「ここでひとりで悩んでるなんて余裕だね。さすがは兄さんだ。彼女がどうなってるか知りもしないでさ」

急いでボールを修吾にパスして、俺は走った。更衣室まで駆け込むと、シャワールームに入り、汗をサッと流した。


シャワールームから出て、髪も乾かさずに服を着込む。

飛び出すようにジムを出ると、出入口付近に修吾の車が停まっていた。

「兄さん。俺は今からグローバルスノーに戻るけど、乗ってくならどうぞ。それと急ぎの仕事があれば、今日は代わりに手伝える。夢子さんをデートに誘ったけど、断られてしまったからね。もちろん全部、貸しにしとくよ」

車の横に立つ修吾に言われ、一瞬唖然としたが、そのまま乗り込んだ。

「悪いな。今度奢る」

車内で言うと、彼はケラケラと笑う。だが、急に真顔になって俺を見た。

「本当は、俺がしてほしいことはそんなことじゃない。……兄さんの婚約者をもらえないだろうか」

彼の要求に、今度は俺が笑った。

「桃華は初めから俺のものじゃない。俺が決めることじゃないだろ。桃華次第だ。欲しければ自分でどうにかしろ」

俺が言うと、修吾はムスッとした表情になる。

「だから、そういうところがムカつくんだって。もっと動揺したらいいのに。余裕があって、隙がない」

ぼそっと言った彼に、もうひとこと告げる。

「ありがとう。修吾がいて助かったよ。ようやくなにをすべきかに気づけた。こんな兄でムカつくだろうけど、これからも頼む」

彼はなにも言わなかったが、俺の反対側を向いたその耳が真っ赤になっていた。

「ちなみに、俺がお前にどう見えてるかはわからないが、今の俺には全然余裕なんてないぞ。それを見抜けないならお前もまだまだだな」

こちらを向いた修吾は、軽く俺を睨んだあと、ふっと微かに笑った。

溺愛注意報です!!


　もうそろそろだからしばらく待ってほしいと松雪社長に言われてから、二十分ほどが経過した。

「ほう。それで？　そのサインペンは、従来のものとなにが違うのかね」

　いつしか松雪社長は、私の話を興味深く聞いてくれていた。

「水性なんですが、インク滲《にじ》みがかなり軽減されているんです。あと、紙に吸いつくように浸透し、書いた瞬間にインクが乾いていきます。あ、サンプルがあるので、よかったらお使いください」

　バッグからサンプルのケースを取り出し、色違いのものを三本差し出す。

「おお、嬉しいね。使わせてもらうよ。感想は父上に伝えよう。ひょっとすると、感想というよりはクレームかもしれんがね」

　クスクス笑いながら反論する。

「お褒めの言葉はいただけても、クレームなんてあり得ません。智也さんが連日残業して指導してくださったんです。彼ほどの企画開発者はいませんから。このペンは特許の申請も通ったんですよ。さすがです」

「すごいね。じゃあ、その優秀な企画開発者は、君の婿殿にしていただけそうかな？　どうやらそちらの事業に向いているようだ」

にこやかに話を聞いていた私だったが、松雪社長の発言に胸がドキッとし、その直後に頬が真っ赤になるのが自分でわかった。そんな私を見て彼は楽しそうに言う。

「本当に可愛いお嬢さんだ。俺がもしも若かったら、間違いなく君の争奪戦に参加しているよ。言っておくが、智也や修吾には負けないよ？　君は彼らじゃなく俺に惚れるはずだ」

どう答えたらいいものか。慣れなくて本当に困ってしまう。

曖昧に笑いながら、熱い頬を手のひらで隠した。

――バタンッ！

「父さん！」

そのとき急に開いたドアに、ふたりで驚く。

松雪社長は手にしていたサインペンを床に落とした。私もドアのほうを見たまま固まる。

「夢子になんの話があるんだ？」

息を切らしながら入ってきたのは、智也さんだった。

「驚いた。やっぱり来たな。少し落ち着けよ、なにも話なんてないから」

床に落ちたペンを拾いながら、松雪社長は呆れたように言う。

「じゃあどうして、ここに夢子がいるんだよ。呼び出したんだろ？」

「俺はそんなことはしない。ここへは夢子さんが自主的に足を運んだんだ。俺はお前が来ることをわかっていた。相変わらずわかりやすいやつだ」

「そんな話、信じられるかよ」

言い合う親子を見ながら呆然とする。だがいつしか、私の目線が彼を捕らえ、動けなくなってしまった。

「父さん、桃華は修吾を好きなんだ。夢子と修吾は結婚なんてできないんだよ」

「それは俺もわかっている。今さらお前に言われなくても、もうずいぶん前から気づいていているんだ。いずれ頃合いを見て、桃華さんの婚約者を修吾に変えるつもりだった。笹岡といい、お前といい、いったい俺をどんな人間だと――」

「なにをわかってるんだ。じゃあどうして俺をグローバルスノーに呼び戻した？　修吾を今度はササ印に行かせるつもりなんだろ？　そんな都合のいい話があるかよ」

私が見つめていることに気づかずに、彼は松雪社長に抗議を続ける。

「企画を途中で投げ出すことがどれだけ無責任なことか、父さんはわかってない。でも笹岡社長に戻れと言われたら、それを嫌だとは言えないじゃないか。やり方がずるいんだよ」

今話しているのは智也さんだ。離れていたのはわずかな期間だったけど、胸が張り裂けそうなほどに苦しくて恋しかった。気を抜くと震えてしまいそうなほどに、会いたかった。その彼が今、私の目の前にいる。

「……智也、待て」

松雪社長が私を見ながら、智也さんの話を止める。松雪社長の目線につられて、彼も私を見た。

ようやく彼と目が合ったときには、私はすでに涙を堪えきれずに泣いてしまっていた。そんな私に松雪社長は気づいたのだ。

「夢子」

智也さんが私に近づいてくる。

グローバルスノーに戻ると言われてから、口をきいてもいなかった。名前を呼ばれるのはずいぶんと久しぶりだ。

彼が私の座るソファの真横に立つ。そんな彼を見上げて、私は恍惚としていた。

言いたいことはたくさんあったはずなのに、すべてがどうでもいいような気がしてくる。こうしてあなたを見つめて、その気配を感じることがようやくできたのだ。

そんな彼がスッとかがんで私の腕を掴むと、そっと立たせた。ぐっと近くなった彼の瞳の中に、自分の姿が映し出されるのが見える。

「しばらくだったな。元気にしてたか」

「……ふぁい」

涙を堪えながら話すのは、やっぱり苦手だ。こんな状態できちんと気持ちを伝えられるのかな。

クスッと笑うその顔を、食い入るように見つめた。

「もしも父さんになにか言われたなら、気にしないでほしい。何度も言うが、桃華とはなんでもない。俺の気持ちは変わらないから。やっぱり夢子じゃないとダメみたいだ。重症だな」

私の左手をそっと持ち上げ、彼の指が指輪をなぞる。

「俺をこんなふうにした責任を取るんだよな？　君の答えがこの薬指にあると思っていいか？　バスケットボールよりも、こっちのほうがいいと思えてきたか？　なんと言っても、この指輪には愛がこもってるからな」

優しく話す智也さんの背後で、松雪社長がニコニコしながらそっと部屋を出ていくのが見えた。

もう我慢の限界だ。今すぐに、あなたに触れたい。

「智也さんっ！」

「おっと！」

そう思った次の瞬間、彼に飛びついてその身体にしがみついた。

咄嗟に私の身体を受け止める、逞しい腕。いくら私が〝王子〟と呼ばれ、女性に想いを寄せられても、こんなふうにはできない。

やはり私は女で、智也さんのような男性に包まれたなら、どうしても幸せを感じてしまう。

背の高い彼の首に手を回し、抱きしめ直す。

彼にぶら下がるようになりながら、あの日買ってもらったパンプスで来たらよかった、そしたら背伸びをせずに済んだのに、と考えた。

「なんだよ。しばらく会わないうちに、これほど可愛いことができるようになったのか。いったい誰が君にこんなことを教えたんだ」

それには答えず、彼の肩に顔をうずめる。

恋の仕方なんて、あなたにしか教わってはいない。意地っ張りな私をここまで変えたのは智也さんだ。

ドラマの中でしか見なかったような行為を、まさか自分がする日が来るなんて思うはずのない日々だったのだ。

「……覚悟しろよ。俺は好きな女には、どうしようもなく甘くしてしまう」

その言葉にピクッとなり、顔を上げた。

「どうしようもなく甘く接した女性が、過去にいたんですね。もちろんわかってはいましたけど、今そんなことを言うなんて。せっかく幸せに浸っていたのに」

あなたの胸の中で、今の私と同じ気持ちになった女性がいる。当然、彼は私とは違って恋愛経験も豊富だろう。だけどそれを今は感じたくなかった。おそらく私よりも綺麗で魅力的な、智也さんの過去の恋人を想像すると、途端に勇気が萎《な》えてしまうのだから。

「今度はやきもちか。今日の夢子は、本当に俺を喜ばせるのがうまいな」

ニヤニヤしている彼に、ムッとする。

「私は嬉しくなんかないです。もういいです。帰ります」

彼からサッと離れると、ソファの上にあるバッグを掴んだ。

こんなに些細《ささい》なことでいちいち拗ねてしまう自分が、なんだか自分じゃないみたいに思える。人を好きになれば、これは当たり前のことなのだろうか。恋を知らなかった私にとって、智也さんにまつわるすべての感情が未経験なのだ。

「ゆーめこ。待てって」

背後からギュッと抱きしめられる。力が抜けて、手にしたバッグが再び元の位置にストンと落ちた。

「悪かったよ。嬉しくて、ちょっと浮かれてるんだ。思ったことをそのまま口走ってしまう。言葉を選ぶ余裕なんかない。察してくれよ」

耳元で優しく囁かれ、腰が抜けそうな感覚になる。

「ごめんなさい。どうしたらいいのかわからないことばかりだから。面倒くさいですよね」

気持ちをそのまま伝えると、彼が私の肩を掴んで、身体をくるっと彼のほうに向かせた。

「面倒くさいだなんて思うはずないだろ。俺が悪いんだから。無神経だった」

甘い視線で見つめられ、胸が高鳴る。

「こんな私のことを、この先嫌いにはなりませんか？」

尋ねると、彼はクスッと笑う。

「ならない。可愛くて……たまらないとは、おそらく何度も思うが」

そのまま重なる唇が、私を再び幸せな気持ちに変えていく。柔らかく触れるこの感触を、ずっと忘れることができなかった。啄《ついば》んでは離れ、また引き寄せられていく。

勇気を出してここまで来て、本当によかった。

「智也さ……ん、好……き……」

「うん。……知ってる」

キスの合間に、一番伝えたかったことをようやく言えて、安堵から涙が溢れてくる。

唇を離し、おでこをくっつけて見つめ合う。

「本当に意地っ張りだな。……待たせすぎだ。不安でどうにかなりそうだったよ」

彼はそう言うが、おそらく私の気持ちなんて初めからだだ漏れだっただろう。

「やっと本当の気持ちを言えました。智也さん……四百万円で、今度こそあなたからの婚約の依頼を承ります。期間は無期限のみですが、よろしいですか？　……途中での返品はもちろんできません」

彼は私の髪に指を入れて、そっと頭を掴んだ。押さえ込まれ、さらに彼の顔がぐっと近くなる。

「ああ、望むところだ。返品なんてするもんか。確認のために、契約印を押してもいいか？」

思わず笑ってしまう。

「またですか？」

「何度でも確かめたい。ずっとこうしたかったから。君が全然足りないんだ」

再び触れた唇は、優しく私の唇を包んでいく。

舌をそっと絡め合い、目を閉じてあなたを感じる。

ずっと憧れていただけの遠い存在だった彼は、頑なに自分を否定してきた私の心を溶かし、こんなにそばまで来てくれた。これ以上、望むものはない。

「夢子を俺のものにしたい。君の全部を……俺にくれないか。ずっと大切にするから」

彼の申し出にそっと頷く。

きっとあなたなら、またさらに素晴らしい夢を見せてくれるのだろう。そう信じている。

そして、そのまま手を繋いで社長室を出る。

エレベーターに乗り、隣の彼を見上げると、彼も私をじっと見下ろしていた。

言葉を交わさなくてもわかる。あなたが私を求めているのが。

私があなたを欲しがっているのも、きっと伝わっている。

どんなに男性に興味がないフリをしていても、誰かを愛したならその気持ちに太刀打ちなんてできない。何年もかけて着込んだ自分を守るための鎧は、一瞬にしてあなたの視線ひとつで脱がされてしまった。

これまで私に憧れてくれたたくさんの女の子たちは、今の私を見ても好きだと騒ぐだろうか。智也さんをうっとりと見つめ、彼の愛をさらに渇望する私を。今すぐにその身体中に触れたいと思っている、ただの女を。

「なにを考えてる？」

彼が尋ねてくる。

「なにも。ただ……幻滅されないかなー、なんて。えへへ」

おどけて言うと、彼は私の頭の上にそっとキスを落とした。

「まさか。早く触れたい。俺だけのものにしたい。今はそれしか思わないよ。今さら幻滅するくらいなら……初めからこんなに惚れない」

仕事中の厳しい松雪課長しか知らなかった頃は、想像もできなかった。あなたがこんなに優しい目で女性を見つめることを。

エレベーターのドアが開き、彼は受付に向かった。

「お疲れさま。まだ仕事が終わらないの？」

　私を案内してくれた受付の女性に言った。

「もうすぐ終わります。なにかございましたか」

「悪いが俺は帰るから、君がいる間に俺宛ての電話があったら、修吾に繋いでほしい。君も気をつけて、早めに帰ってね」

「かしこまりました。お疲れさまでした」

　智也さんに対しても、事務的に答えながら深々と頭を下げる彼女を見て、私にだけではなくいつもこんな様子なんだと思った。だが、彼に手を引かれながら外に出る瞬間に振り返ると、受付の彼女がこちらに目をやってニコニコしているのが見えた。

　会社の前に停まっている車の横に立つ男性が、私たちに頭を下げる。

「社長の外出の予定がなければ、シティモンドホテルまで行ってもらえないか」

　智也さんが尋ねると、彼はお辞儀をしたまま答える。

「かしこまりました。社長は先ほど自家用車で帰られました。社長から、智也さまをお送りするように言われております」

　そのままドアを開けて待つ運転手の彼に軽く会釈《えしゃく》をして、私は智也さんと一緒に車に乗り込んだ。

「シティモンドホテルって？」

車の中で尋ねると、彼は笑いながら答える。

「夢子が七五三の格好のまま、いびきをかいて眠りこけたあのホテルだ。お腹をグーグー鳴らしながら、起きたあとは桃華への気持ちを誤解して逃走。まったく、あの日は散々だった」

「桃華さんのことは、あの状況なら誰だって誤解します。しかも……いっ、いびきなんてかいていないです。確かにお腹は空いていたけど」

「あ。そういや寝言も言ってたな」

思い出したように付け足す彼に、思わず詰め寄る。

「寝言⁉　嘘、なんて？」

「聞きたい？　……『智也さん、好き』ってさ」

「嘘⁉　そんなことを？」

それから驚いて絶句する。そんな私を見て、彼は大きな声で笑った。

「あははははっ。君には言わないつもりだったけどな。信じるか信じないかは任せるよ。だけど俺は、本当は嘘は嫌いなんだ。やむを得ず婚約者のフリはしたけど。あのときは必死だった。夢子を手に入れるために、手段を選んでる場合じゃなかったから」

どこまでが本当なんだろう。だがおそらく、彼の話に嘘は含まれてはいない。

あのときすでに寝言で告白していたなら、こんなに慌てて気持ちを伝えに来なくてよかった気もする。グローバルスノー本社まで単身で乗り込むなんて、冷静に考えたらあり得ないことだ。


しばらくして、車が停まった。

「智也さま、到着いたしました」

運転手に言われ、ふたりでそろって前を向く。

「ありがとう」

彼が答えると、運転手が素早く車を降りてドアを開けてくれた。

車から降りたら、目の前にあの日のままのホテルがあった。彼の肩にぶら下がって通過したフロントに、今日は自分の足で向かう。そのままあの日と同じ部屋を取ると、彼は私を見て微笑んだ。

「行こうか。今日は逃げたりするなよ」

差し出された彼の手を握る。ギュッと繋ぐと、早足で歩きだした彼についていくため小走りになる。

「もっとゆっくり歩い――」

「待てない。早く君を抱きたい。今すぐに」

ストレートな言い方に、顔が火照る。

それ以上はなにも言わないで、私は彼に必死でついていった。

部屋に入り、ドアを閉めた瞬間、彼が振り返った。ドアに私を押しつけるようにしながら激しく唇を合わせてくる。

「待っ……！　んん……っ」

息ができないほどに性急なキスは、私の身体の奥から愛おしさを溢れさせていく。

彼のシャツを夢中で掴みながら応えた。

「夢子……。愛してる」

掠れた声が耳の奥へと抜けていく。

どうなってもいい。あなたにすべてを委ね、あなたのものになりたい。このままなにも考えられなくなるほどに。

彼の手が、私のシャツの胸のボタンを外していく。

「悪い……。余裕がない」

露《あら》わになった私の胸に、彼の唇が押し当てられた。

「あ……」

初めて感じる感覚に、足が震えて倒れそうになる。

そんな私の様子に気づいた彼が、顔を上げて私をサッと抱き上げると、部屋の奥へと運んだ。

ベッドの上に私を下ろし、真上から見下ろす。その目が苦しそうで、私はそっと手を伸ばすと彼の頬に触れた。

『処女相手に鬼畜じゃない』と、以前彼が言っていたのを思い出し、いざとなって戸惑っているのだと思った。

「あなたの……好きにして。いいの。あなたに溺れてみたい。教えて。これからどうなるのか……。こんな気持ちは初めてなの」

私が言うと、彼はふっと笑う。

「究極の殺し文句だ。君はどうやら、俺の理性を根こそぎ奪うつもりらしい。想像以上に可愛くて……目眩がしそうだ」

「こうなることを、想像していたの……?」

「当たり前だろ。何度もな。いいから黙って」

その直後、彼の唇が、その手が、私の身体中を解きほぐすように優しく触れてきた。

私自身が知らなかった感覚を、まるで彼のほうがすべて知っているかのように動き回る。その動きに合わせるように、私の口から甘い吐息がこぼれた。

互いの衣服が一枚ずつ取りはらわれるたびに、彼の素肌の熱を感じる。

「夢子……綺麗だ。君はもう、俺のものだから」

意識が遠のくようになりながら、彼の声をただ聞いていた。

本当に、私は綺麗なのだろうか。筋肉質で小枝のような身体だとずっと思ってきた。こんなふうに男性に抱かれることなど、おそらくないのだと。

「本当に……？　他の人よりも？　幻滅してない？　私のいったいどこが……」

尋ねると、彼は私の肌から唇を離して私を見た。とろっとした甘い視線からは、溢れるほどの愛情が感じられる。

「まだそんなことを言ってるのか。じゃあ、わからせるしかないな。夢子が綺麗だから……もっと触れたくて、今の俺が正気じゃないことを」

そう言って私の片脚を持ち上げると、太股《ふともも》にキスをしながらこちらを見てニヤッと笑う。

「なに……？」

「教えてあげる。君は魅力的な女だと。そのすべてが、誰よりも俺を狂わせるとな」

彼がそう言った瞬間――。

「ああ……っ」

もうなにも言えなくなってしまう。吐き出される言葉が、すべて吐息に変わっていく。彼に身体を作り変えられているような感覚だ。

なめらかな背に必死でしがみつく私を、彼は愛おしそうな視線でずっと見ていた。


「……大丈夫か？　少し無理をさせたかな」

うつ伏せでベッドの上に寝そべる私の隣に、彼が座って尋ねる。その長い指が、私の乱れた髪をそっと直す。

「体力には……自信がありますから」

大丈夫だという意味で言うと、彼は勘違いをしたようだ。

「お？　それはさらなるお誘い？　いやあ、気に入ってもらえてよかった。いつでもお付き合いしますよ。大歓迎だ。年中無休でな」

「な……っ」

私はガバッと起き上がる。

「案外大胆なんだな。そういう誘われ方は好きだけど、まさか君に言われるなんて」

私のはだけた胸元を見て、彼はニヤニヤしている。

「ん？」

彼の視線の先にある、自分の身体を見下ろした。

「ぎゃっ、ぎゃあああ！　みっ、見ないで！」

シーツにくるまり、再び寝そべる私を見て、彼は大笑いをした。

「嘘、嘘。誘われたなんて思ってない。冗談だよ、単純だな。だから面白いんだけどな。ますます君から目が離せない」

「もうっ。そういう冗談を言うのはやめてください」

楽しそうに笑う彼に、ふと聞いてみる。

「修吾さんと桃華さんはどうなってるかな……。私は智也さんとこうなってしまって、本当によかったんでしょうか」

「彼らは大丈夫だ。小さな頃から一緒に過ごしてる俺が言うんだから、間違いない。桃華は修吾に、俺との婚約をやめるように言ってほしかったんだよ。だけどあいつは反対に彼女を妬かせようとした」

面白そうに話す彼は、初めからこうなることを本当にわかっていたようだ。

「今頃またケンカしてるかもな。だけど最後にはわかり合えるはずだ。お互いを好きなのは確かなんだから。離れたくてもそうできない。心が求め合う限りはな」

私は彼を見つめたまま、手を伸ばした。

「そう。どうしても無理なんですよね。実は私も、何度も智也さんを諦めようとしたんです。だけど……ダメだった。会いたくて……苦しかった」

私の手を掴み、彼は微笑んだ。

「諦めるだなんて、ひどいな。好きだと言ったのに。いい加減、信じてもらえないだろうか。もう全部言いつくして君に贈る言葉がないよ」

そっと起き上がると、彼を近くで見つめた。

「信じていないわけじゃない。私が、自信がなかったから。でも……伝わった。綺麗だと言ってくれたことを、もう信じてもいいかなって。自分が……あんなふうになるなんて知らなかった」

途絶えることなく何度も愛を囁きながら、愛おしそうに私の肌の上を滑る指の感触が、まだ全身に残っている。そんな智也さんの気持ちを信じられないはずがない。

あの心地よさには中毒性があったようだ。今すぐにでも、再び溺れたいと思わせるほどの。

「おいで」

両手を広げた彼を見て戸惑う。

「これからは君を思いきり甘やかして、自覚してもらう。俺が本気で夢子を可愛いと思ってることをな」

動かない私を、彼は引っ張りつけて自分の膝にのせた。

「ぎゃっ。ちょ、ちょっとこれは」

恥ずかしくてどうにかなりそう。愛する人と過ごす時間の甘さについていけなくて、動揺の嵐だ。そんな私を背後から抱きしめる腕は温かい。

そっと目を閉じる。

「これからまたササ印に戻って、花婿修業の日々だな。夢子に捨てられないように、しっかりと学ぶよ。ササ印も、夢子も、絶対に守る。俺に全部任せて」

「智也さん……。好き……」

そのまま振り返り、キスをする。

「夢子……」

私を受け入れてくれるこの手が、いつでもそばにある限り、私は女であることを実感できる。

そのまま身体を彼のほうに向け、しがみつくように腰に手を回す。

次第に激しくなっていく舌の動きに、彼を求める気持ちが再び湧き起こってくる。もう一度あなたを感じたいと願う私がいる。

「……あ。そういえば」

そのとき突然、彼が私の身体と唇をガバッと離した。私はドキッとして我に返り、目を見開く。

「新商品が明日発売だった。サインペンのサンプルは、今持ってるか？」

いきなり始まった仕事の話に、甘い空気がスッと消えた。驚きながら答える。

「あ……ありますけど」

「見せてくれ」

足元にあるバッグから、サンプルの入ったケースを出して手渡す。

「そうか、ここまできたか。いやー、感慨深いな。よし、今から文具店を回るか！ディスプレイの提案をしに行くぞ」

「は？　今から？　……えっ？」

あれ？　先ほどの続きは、もう終わったの？　今から仕事!?　そんなまさか、冗談でしょ！

盛り上がっていた私の気持ちとは裏腹に、彼は立ち上がるとさっさと服を身につけ始めた。ベッドの上から、そんな彼を唖然と見つめる。

「夢子、早く服を着て。新商品専門の棚を用意してくれる店を探そう。販売展開の練り直しを早急に進めないとな」

軽くため息をつくと、床に落ちた服を渋々拾い始めた。

せっかく甘い空気に包まれていたのに、もう終わりなの？

どうしてそんなふうに切り替えができるのか、さっぱり理解できない。やはり彼は、女性と過ごすことに慣れているからだろうか。

無言でふて腐れながら準備をする私に、いきなり彼が耳元でぼそっと囁く。

「心配するな。あとでまた可愛がってやるから。とろけるほどに甘やかしてやる。期待していいぞ。言ったよな、全然足りないと」

「い、いや！　なにも、私はそんな！」

ネクタイを締めながら、ニヤッと笑う彼を見る。

イタズラな目で笑う彼には、やはりどうしても敵わない。だけど仕方がない。〝王子〟の王子さまは、最強でなければならないのだから。

これから始まる甘い日々が、私をどこまで変えてくれるのか期待する。私だって自分で見てみたいのだ。こんな私が、本物のお姫さまになった姿を。

きっと、愛される自信が溢れ、綺麗になっていくだろう。そんな私を男オンナだと言う人など、もういないはずだ。

有能な企画開発者で、ササ印の次期社長であるあなたならば、完璧に夢を見せ続けてくれる。この契約の期間は無期限なのだ。最愛の彼はずっと、求めるがままに私を愛してくれる。

「夢子、急いで。店が閉まってしまう」

「はいはい。わかってますよ」

「返事は一回！　いつも言ってるだろ」

普段の調子で言いながら慌てた様子で部屋を出る彼に、急いでついていく。その後ろ姿を見ながら、私はクスッと笑った。

あなたを好きになって、偽りの婚約者になってもらって、本当によかった。

私はこれからも、今よりもっとあなたを好きになっていくのだろう。

あなたを愛してる。

お金では買えない無期限の愛は、この指輪とともに輝き続ける。

この先ずっと、永遠に——。

## 特別書き下ろし番外編
## 永遠の愛を誓います！

# 世界一美しい花嫁です［智也ｓｉｄｅ］

ゆっくりと深呼吸してから、花嫁控室のドアをノックする。

「夢子。係の人から、花嫁の準備ができたって言われて来たんだ。入ってもいいか？」

「はい。……どうぞ」

中から彼女の声がして、俺は静かにドアを開けた。

「どう……？　智也さんの隣に立っても大丈夫かな。私、智也さんにふさわしいお嫁さんになれてる？」

夢子はこちらを向いて立っていた。純白のウエディングドレスに身を包んだ彼女は、不安そうな表情で俺を見ている。

「大丈夫もなにも……。言葉にならないよ。なんて言えばいいか……」

それだけ言って彼女を見つめ返した。その姿はあまりにも綺麗で、感動して気の利いたことなどなにも言えなかった。

肩と胸元が開いたデザインのドレスは、透き通るような白い肌を惜しげもなく見せている。すっぴんでも充分に綺麗な彼女だが、化粧を施した顔は、大きな瞳と赤く染まった唇をさらに強調させ、言いようのない美しさだ。髪はすっきりとアップにして、細い首筋が露わになっている。そんな彼女の全身を、頭の上から垂れる薄くて長いベールがふわりと覆っていた。

「智也さん……なにか言って？」

驚きと感動で、目を見開いたまま黙る俺を見上げるその瞳が、次第に潤み始める。

恍惚としながら彼女に見とれていたが、ハッと我に返り、ここに来て初めて俺は微かに笑ってみせた。

「今になって……どうしようもなく後悔してるよ。海外でふたりきりで式を挙げるべきだったたと。今の君の姿を誰にも見せたくない」

「そ、それって、智也さんとは不釣り合いだってこと？　だったら、皆さんの前に出るのはやっぱり恥ずかしいわ。どこがおかしい⁉　すぐに直すから言って？」

自分の身体をキョロキョロと見下ろし、彼女は急にそわそわと慌て始めた。

「バカだな、その逆。綺麗すぎて誰にも見せたくないって意味だよ。俺だけのものにしておきたい。俺だけが夢子を独り占めしたい。俺は欲張りだから、そんなことばかり考えてしまう」

話しながら彼女に一歩一歩近づき、目の前に立つ。真っ赤になって俺を見上げるその顔にそっと手を伸ばした。柔らかな頬を手のひらで包み、改めて彼女を間近で見つめる。

「本当に？　綺麗になってる？」

「ああ。しばらく言葉を失ったほどにな」

「……ありがとう。智也さんはいつもそうやって、ありのままの私を受け入れてくれる。だから私は自信を持って智也さんの隣にいられるの。これからも、ずっとそばにいさせて。あなたを好きになって本当によかったと思ってる」

はにかみながら微笑むその顔は、この世のなによりも美しい。

君が綺麗なのは、俺が隣にいるからじゃない。心の奥底から湧き出る純粋さと、凛とした強さを持っているからだ。

「俺は誰よりも夢子を愛してる。その気持ちは、これからもずっと変わらない。たとえ君が嫌だと言っても、もう俺からは離れられないよ」

夢子に出会うまでは、女性にははっきりと言葉で愛を伝えたことなんてあまりなかった。だが君には、俺の気持ちをすべてわかってもらいたい。どれだけ言っても足りないとさえ思う。

いつからそんなふうに考えるようになったのか。彼女と付き合うようになってから半年が経過していた。今日の結婚式に至るまでの日々を思い返すと、こうして純白の衣装に身を包んだ自分たちの現在の姿が信じられない。

意地を張り合い、本心を隠して過ごした偽りの婚約時代が懐かしい。回り道と葛藤を繰り返し、君を好きだと伝えるまでにずいぶん時間がかかった。だがもう、一時もすれ違ったりはしない。溢れる感情をこれからも毎日君に伝えようと、強く思う。

そう。君が呆れるほどに。

「夢子に出会って、幸せをもらってるのは俺のほうだ。おかげで俺の雰囲気が和らいだと、部下からもかなり評判がいいんだ」

数ヵ月前から社長室に異動になった俺は、最近では社内で夢子に会う日すらなくなっていた。

彼女はクスクスと笑いながら言う。

「今月の経済誌の特集で見たわ。〝ササ印、企業成長の鍵は新星、副社長・松雪智也〟とか、〝女性社員アンケート、結婚したい男性社内一〟って書いてあった」

「大げさなんだよ。ちょっと取材を受けただけなのに」

「今ではササ印の未来を背負う立場だもんね。ワンマンなだけじゃ慕われないから、注目を集めるのはいい傾向だわ。特に女性に優しいことに文句は言わないから、安心して」

「否定はしないよ。女性を味方につけると仕事がしやすいからな。怒ったのか？」

拗ねたのかと思い、黙らせようと夢子の身体を引き寄せ、胸に抱きしめた。だが彼女はまだ話を続ける。

「怒ってるわけじゃないわ。だって、企画課にいたときから、智也さんの人気はすごかったもの。ただ、社長室に隣接する秘書課には美人が多いからすごく心配」

「バカだな。こんなふうに抱きしめたいと思うのは夢子だけだ。君以上の美人なんて、どこにもいないよ」

抱きしめる腕の力を強め、彼女の肩に顔をうずめる。

「ふふっ。口がうまいんだから。調子がいいのね……」

そのままキスをしようと顔を近づけた。彼女もそっと目を閉じる。

――コンコン。

唇が触れ合う直前にドアからノックの音が聞こえ、ふたりでパッと振り返り、そちらを見た。

「開けてもいいかしら。そろそろ式の時間なんだけど。係の人が、移動をお願いしますって言ってるわ」

ドアの向こうから桃華の声がする。

「ああ。どうぞ」

パッと夢子の身体を離す。

「もしイチャイチャしてたのなら、邪魔してごめんなさいね」

ガチャッとドアが開いて、修吾と桃華がにこやかな顔で部屋に入ってきた。

「『もし』じゃない。まさにそうだよ。いいところだったのに、見計らったような夕イミングで大いに邪魔だね」

ため息を吐きながら言うと、夢子が焦る。

「智也さん、そんなこと……!」

「兄さんは本当に正直だな。夢子さんが困ってるよ。仮にそうだとしても、式が終わるまで待てないのかよ」

修吾が呆れた顔をした。

「こんなに綺麗になった夢子を目の前に、我慢なんてできないね。お前も結婚式の日になったらわかるよ」

修吾と桃華もあれから無事に心を通わせ、結婚を来月に控えている。

俺の話を真に受けたらしい修吾が、なにかを考える素振りをしてから言った。

「そうかもな。桃華の花嫁姿も、夢子さんに負けないくらい綺麗だろうな。俺も早くそんな桃華を見て、我慢できないほどに興奮したいよ」

「修吾ったら、バカなことを言わないで。式の日に興奮されたら、私は式には出ないで帰ってもいいかしら。鼻息の荒い新郎なんて嫌だもの」

桃華が修吾を睨む。

「ひでぇ。冗談なのに本気で返してきた。ここは笑って聞き流せよ」

相変わらずのふたりのかけ合いも、今となっては愛が感じられる。四人で大笑いをした。

会社の後継者問題はそれぞれが道を決め、すべてがうまく運んだ。あとは後継者として立派に歩むことと、俺たちが幸せになることだけが課題だ。

「夢子さん、本当に綺麗。おめでとう。幸せになってね」

「ありがとう、桃華さん。私には兄弟がいないから、おふたりと兄弟になれるのが本当に嬉しいの。これからよろしくお願いします」

心から幸せそうな笑顔をふたりに向ける夢子。彼女を見つめながら思う。

その笑顔を守りたい。なにに代えても。

ずっとそばで笑っていてほしい。

「松雪様。式場に移動をお願いいたします」

係の人に言われ、ドアを開けて部屋を出て四人で歩きだす。

夢子に手を差し出すと、ニコッと笑って握ってきた。

この手を離さない。生涯をかけて君を幸せにするよ。

心の中で呟き、しっかりと繋いだ手にギュッと力を込めた。

あなたの愛を感じます

「汝《なんじ》、松雪智也。あなたは笹岡夢子を妻とし、よきときも悪きときも、病めるときも健やかなるときも、ともに歩み、死がふたりを分かつときまで愛し抜くことを誓いますか？」

「はい。誓います」

智也さんの力強い声が教会の中に響く。

正面に見える、彩《いろどり》の鮮やかなステンドグラスから射し込む柔らかな光が、私たちふたりを優しく照らしている。

ほんの少し前までは、恋をすることすら予想していなかった私が、こうして智也さんに永遠の愛を誓ってもらえることが未《いま》だに実感できないでいた。

真っ白なタキシードに身を包んだ彼はあまりにも素敵で、思わずため息が出そうになる。彼と出会えたこと、この先の人生をともに歩めることを、神さまに心から感謝している。

「汝、笹岡夢子。あなたは松雪智也を夫とし、生涯夫のみに添い、永遠の愛を捧げることを誓いますか？」

「はい。誓います」

しっかりと答え、隣に立つ彼を見上げる。私を見下ろして優しく微笑む瞳の奥には、花嫁姿の私が映っている。

あなたを心から愛する私を、すべて受け入れてくれる。そんなあなたを、私はこれからいつだって誇りに思うだろう。

「神の前で、永遠の愛の証として誓いのキスを」

牧師に言われ、かがんでそっと私のベールを上げる彼の顔が、涙で滲んでぼやけていく。

「智也さん……ありがとう」

「末永くよろしくな」

小声で囁き合い、そっと口づける。

初めて恋した人が、あなたでよかったと思う。もう、過去に恋をしなかったことを悔やんだりはしない。きっとあなたに出会うためだったのだと、今は心から実感できるから。

唇を羽で撫でるような優しい口づけのあと、彼と見つめ合う。

ずっと私を好きでいてね。いつまでもその愛を感じさせて。

心の中で強く思った。

智也さんと初めて結ばれたシティモンドホテルの中にあるチャペルで、厳かで感動的な式を無事に挙げることができた。そのあとホテルの会場で、盛大な披露宴が催された。

両社の大勢の社員や会社関係者の方々をはじめ、たくさんの人たちに祝ってもらい、宴は終始アットホームな雰囲気に包まれていた。そんな中、隣にいた智也さんは、緊張している私に絶えず優しい笑顔を向けてくれた。

彼がいるおかげで感じることのできる幸せは、この先もずっと続いていく。

私は今日、世界一幸せな花嫁になれたのだと自信を持って言える。

その夜は、私たちが初めて結ばれた部屋に泊まることになっていた。

シャワーを浴びてバスローブを羽織り、リビングに戻る。

「お待たせ。ごめんね、時間がかかっちゃった」

「夢子。おいで」

「え、どうしたの。……きゃっ」

ベッドに座る彼に近づくと、その長い腕に抱きすくめられ、そのまま押し倒された。

「どうして君がこんなに好きなのか、自分でもわからないんだ。ただ、君を見てると……愛おしい気持ちが溢れてくる。きっとこれからも、この気持ちは止まらないと思う」

「ちょ、ちょっと」

その指先が、唇が、私の肌の上をなめらかに這う。一瞬でバスローブを脱がされていく。

「と、智也さ……」

性急な彼の動きに戸惑う。シャワーを浴びたあと、窓際のテーブルに用意してあるワインで乾杯しようと話していたのだ。

「あの、待って……」

「君はもう俺のものなのに。まだ……全然足りない。まるでガキみたいだな。呆れるか?」

話しながら首筋にキスをしてくる彼の髪を撫でる。そのまま目を閉じた。

「今日の夢子が、あまりにも綺麗で嬉しい反面、嫉妬した」

「嫉妬……なぜ。あ……」

彼の手が私の身体を慈しむように撫でるたびに、口から漏れ出す吐息。もう私は、会話どころではない。

「綺麗になった夢子を、誰にも見せたくないと思ってしまうんだ。自分でもどうかしてると思うほどに、君に惚れてるからだろうな」

彼の言葉のひとつひとつが心の奥に沁みて、自分はただの恋する女だと実感させられる。

そのとき、私の肌を這い回っていた彼の唇が離れ、彼が私を見下ろした。そんな彼をとろけそうになりながら見つめ返す。

「ごめん、我慢できない。乾杯はあとだ」

彼は自分のバスローブをサッと脱ぎ捨てると、再び私の胸に唇を寄せた。

この素肌の温度を感じることができるのは、この先永遠に私だけだと思うと、言いようのない幸せな気持ちに満たされていく。

「私も……智也さんだけ。これまでも、これからも、ずっと愛してるから……」

「夢子」

お互いの息遣いだけが部屋に響く。

自信がなくて恋することを恐れた男勝りの私など、彼の前では存在しない。

溢れるほどの愛情で私を包み込む彼の顔を、うっとりしながら見つめた。


「抑えられなくて、悪い」

彼が私の乱れた髪を指先でそっと直す。彼の腕に頭をのせたままの体勢で、見つめ合う。

激しく抱き合ったあとの彼は、いつも照れたように笑う。会社では厳しい表情をすることが多い彼の無防備な一面を見る、この瞬間が好きだ。

「嬉しいから、いいの。智也さんが異動になってから、会社で会えない日が続いてたから、私も智也さんが足りなかった」

思わず言ってから、急に恥ずかしくなって彼から目を逸らした。

「こら。俺を見ろ」

ぐいっと顎を掴まれ、顔を元の位置に戻される。目の前には優しくて綺麗な笑顔。愛された余韻も手伝ってか、そんな彼に見とれる。

「そうやってなんでも話してくれ。いつだって本音が聞きたい。君はすぐに強がるからな。会社で会えなかったから不安だったのか？　君は平気そうに見えてたけど」

「平気なフリをしてただけ。勝手だよね。智也さんが副社長になったことを、本当は喜ばなくちゃいけないのに」

彼はなにも言わずに、そっと優しくキスをしてくれた。

本当はわかっている。誠実なあなたが、私だけを想ってくれていることを。

「俺もふたりでずっとこうしていたいけど、決算が近いから会社を休めないんだ。新婚旅行が先延ばしになって、君には悪いと思っている」

「これからずっと一緒にいられるもの。私は構わない。落ち着いたら連れてってね」

彼の胸に頬を寄せると、逞しい腕でギュッと抱きしめてくれる。

その胸の音を聞きながら、私も彼を抱きしめ返した。ふたりの間に、ほんの少しの隙間もなくなるように。

週が明けて、私は智也さんが住んでいるマンションに移り住んだ。

私の父や松雪社長が、私たちが住む新居を買おうと言ったが、彼はそれを断った。彼のマンションは広さも充分にあるし、会社へは徒歩で通える位置にあるからだ。

朝、目覚めて隣を見ると、そこに智也さんの姿がなかった。週明けは二日ほどふたりで休みを取って、買い物に行こうと約束していた。

時計を見るとまだ六時前。こんなに早起きする必要なんてないのに。

不思議に思い、慌てて起き上がるとリビングに向かう。

ドアを開けてすぐに、コーヒーを片手に新聞を読む彼と目が合った。スーツ姿なのを見て驚く。

「あ、悪い。起こしたか？」

「智也さん、どうして？　今日は休みじゃないの？」

彼は申し訳なさそうな顔で言う。

「トラブルがあって、顧客のところに行かなくちゃならなくなったんだ。夢子には書き置きを残すつもりでいた。買い物は明日行こう。今日は早めに帰るから、待っててくれるか？」

残念に思ったけど、拗ねても仕方がない。

「わかったわ。もう行くの？　まだ早いんじゃない？」

これから出勤すると、通常より一時間以上も早く会社に着いてしまう。

「目を通しておきたい書類があるから、もう行くよ」

言いながら立ち上がり、私の前まで来た彼を見上げる。

「寂しいか？　ごめんな、今日は一緒に休めなくて」

謝る彼に、私は笑ってみせた。

「寂しくなんかないわ。掃除や料理をしてると、あっという間に一日が終わりそう。智也さんはもうわかってると思うけど、私は家事はあまり得意じゃないの。これからはしっかりとやっていかなくちゃ」

実は結婚前に彼の部屋を訪れて、家事をしようとしたことが何度かある。

だが結果は惨憺《さんたん》たるものだった。料理をすれば鍋を焦がしてダメにしたり、小麦粉をぶちまけたり。洗濯をしようとすれば、干してあったものが風で飛んでいき、アイロンをかけたら逆に皺《しわ》だらけになった。

「夢子の朝ごはんはもう作ってあるから、適当に食べて。今日の夜は外に食べに行こう。君は荷物の片づけをしながらゆっくりしてたらいい。家事は俺がやるから、君はなにも心配するな」

私の頭を優しく撫でる彼は、本気で私に負担をかけたくないと思ってくれているのだろう。だけど私は彼の役に立ちたい。疲れて帰ってくる彼に、家事をさせるわけにはいかない。

「できることはやっていくつもりよ。智也さんの役に立ちたいの。夕飯は私が用意する。智也さんのほうが、きっと美味しく作れるとは思うけど……」

彼が用意してくれた朝ごはんに目をやりながら言う。

サラダに焼き魚。鍋からは味噌汁《みそしる》が湯気を立てている。

「そうか。じゃあ楽しみにしてる。無理はするなよ」

「頑張るから大丈夫。期待してて」

自信はないけど、レシピを見ながらやればなんとかなるはずだ。

「いってらっしゃい」

玄関先まで見送る私に優しくキスをすると、彼は手を振って出かけた。その後ろ姿を見ながら、彼の疲れが吹き飛ぶほどの料理を作ろうと心の中で気合いを入れた。

「まったく、何事かと思ったわよ。電話の声が今にも泣きそうなんだもの。『桃華さん、助けて!』なんて言うから、なにかあったのかと慌てたわ」

桃華さんが鍋を覗き込みながら言う。

「ごめんなさい。結婚した直後に朝ごはんを智也さんに用意してもらって、夜は外食だなんて。どうしても自分が許せなかったの」

俯いて言う。母に連絡しようと思ったが、彼女は私に料理を教えるよりも、自分で作って持ってきてしまうだろうという気がした。

だからといって、こうして桃華さんを呼び出していいわけじゃない。だけど、他にどうしたらいいかわからなかった。

彼女は全国で公演しているピアニストだ。今日はたまたまオフだったため、急いでここまで来てくれた。普段から忙しくしている彼女に申し訳なく思う。

実は智也さんが出社してから、ひとりで買い物を済ませ、いざ調理に取りかかろうとした。だがレシピに書いてあることの意味自体、まったく理解できなかったのだ。

自分で思う以上に、慣れない料理に取り組むのは難しかった。

「仕方ないわ。夢子さんはずっとバスケひと筋だったんでしょ？　智也さんと同じね。面白いほどに似てる夫婦」

クスクスと彼女は笑う。

桃華さんは綺麗で女性らしい。家事も完璧にこなす彼女は、男性からしたら、まさに結婚したいと思う理想の女性だ。今の私は彼女にはほど遠い。

だけど智也さんに、私と結婚したことを後悔してほしくない。

「私も桃華さんみたいに、女性らしさが溢れる人になりたい。そしたら、智也さんに心配をかけなかったのに。もちろん、これから頑張るけど……」

「夢子さんが私みたいだったら、智也さんはあなたを好きにはならなかったかもしれないわ。私はどこにでもいるタイプだもの。彼は夢子さんだから好きになったのよ」

彼女は長くまっすぐな黒髪をすっきりと後ろに束ね、シンプルなワンピースを着ているだけなのに、思わず見とれてしまうほどに美しい。決してどこにでもいるタイプの女性ではない。

「桃華さんは料理も上手で、特別に着飾らなくても可愛いわ。私なんて、いくらバスケができても、家事をするには役に立たないことだもの」

「あら。私は夢子さんが羨ましいわ。スポーツが得意なのは素晴らしいことよ。今度私にも教えてほしい。智也さんがあなたに求めてることって、たぶん、あなたらしさじゃないかしら。そうじゃないと結婚なんてしないわよ」

「そうかな……」

彼女に教えてもらいながら作った煮物は、いいにおいを部屋中に漂わせている。

「もしも料理が苦手なことを気に病んでいるのなら、こう考えればいいわ。彼も相当な変わり者だってね」

ふたりで目を見合わせながら笑う。彼女が義妹になることは、私にとって本当に幸運なことだ。

「ありがとう。あとは自分で作ってみる。本当に助かったわ。お礼に、バスケならい

たことを後悔するかもよ。だってあなたを負かしてしまうだろうから」

「本当？　嬉しい。きっとよ。いつか夫婦対決とかしたいわね。そのときに私に教えつだって教えるから」


彼女は嬉しそうに言った。

「そうなった場合、私の教え方がうまいってことよね」

もう一度ふたりで笑い合う。

彼女と話しているうちに、私なりにできることからやっていこう、と前向きな気持ちになった。

努力が実を結ぶことを、これまでにもたくさん経験してきた。私なりのやり方で、智也さんに尽くしていけばいい。

「あとね、料理は愛情を込めることが一番大切なの。そこは問題ないわよね？」

桃華さんの言葉に頷く。

そのスパイスならば充分に入っているから、大丈夫だと自信が持てた。

# 君じゃないとダメなんだ[智也ｓｉｄｅ]

夕飯を用意すると言っていた彼女だったが、果たしてどうなっているだろうか。そんなことを考えながら玄関のドアを開ける。

彼女と約束した通り、仕事を早めに切り上げた。腕時計に目をやると、針は夕方の六時を指していた。

「ただいま」

リビングに足を踏み入れると、部屋いっぱいにとても美味しそうなにおいが立ち込めている。

「夢子?」

返事がないのでキッチンを覗くと、彼女があたふたと料理をしている最中だった。背中を向けたままの彼女は、俺が帰ったことに気づいていない。

「いいにおいだね。なにを作ったんだ?」

「きゃっ!」

後ろから声をかけると、彼女は驚いた声を出してビクッとする。

振り返って俺を見ると、ほっとしたような表情をした。

「と、智也さん。ごめんなさい、気づかなくて」

「いいよ。エプロン姿の夢子が見られたから。すごく似合ってる」

話しながら、彼女を背後からそっと抱きしめる。

「ま……待って。まだ火が……」

身体をよじる彼女の耳元でそっと囁く。

「俺のために頑張る夢子が……可愛くてたまらない」

「そんな。だって」

彼女を抱く力を緩め、そっと手を伸ばし、コンロの火を消す。そのまま彼女の身体を俺のほうに向かせて唇を重ねた。

「ダメ……ん……」

夢子が俺の腕の中でよろけ、足元からガクッと崩れそうになる。彼女を支えながら、もう片方の手でエプロンの紐をほどく。彼女の服の下からサッと手を差し入れると、彼女が俺の手を制した。

そっと身体と唇を離す。

「智也さん……。温かいうちに食べないと」

「そうだな。こんなことをしてると、せっかくの料理が冷める」

「もう……。帰ったばかりなのに」

彼女は俺に乱された服を直す。

「焦る必要はないんだった。時間はたっぷりあるから、あとでゆっくり君をいただくとするか」

ニヤニヤしながら言うと、彼女は赤い顔で俺を見上げた。

「結婚する前は、こんな智也さんが見られるとは思ってなかったわ」

「こんな俺って、君に触る俺？　別に格好つけてたわけじゃないよ。俺は独占欲が強いって言ってきただろ」

「そうだけど……」

話しながら、ふたりで食事の準備をする。

「うまそうだ。煮物とステーキか。豪華だな」

「お肉を漬け込んで焼いたの。実はね、レシピの中で一番簡単だったからなの。煮つけは桃華さんに教わりながら作ったのよ」

得意げに言う彼女の頭を撫でる。

「すごいじゃないか。すぐ嫁に行けるよ」

「ふふっ。残念だわ。私はもう売約済みなの」

「そうなのか？　誰だろうな。君を嫁さんにできた幸せな男は」

「もう……っ」

冗談を言いながら、向かい合って席に着いた。

そのとき、ふと思い出す。

「あ、土産があるんだった。ワインを買ってきたんだ。開けよう」

「わあ、嬉しい。料理と合えばいいけど」

手を叩いて喜ぶ彼女を見て、幸せな気持ちに満たされていく。

またしてもすぐに抱きしめたくなってくる気持ちをどうにか堪えて、グラスにワインを注いだ。

料理を口に運び、驚いた。軟らかく、味が染みていてとても美味しい。

「うん、うまいよ。頑張ったな。上出来だよ」

結婚早々、夢子の手料理で乾杯できるなんて、正直思ってはいなかった。これまでほとんどキッチンに立ったことがなく、実際に料理をすれば失敗していたからだ。

「よかった。これから毎日頑張るから。いろいろな料理を作れるように勉強するわ」

彼女は嬉しそうな顔をした。

頑張り屋な彼女のことだから、苦戦しながらも必死で準備してくれたのだろう。

そのあとも彼女といろいろ話しながら食事を進めていくが、ふとした瞬間に、なんだか急に頭がぼんやりしてきたような気がした。

その直後に、全身から力が抜けていく感覚になった。目の前がチカチカしてくる。

「う……っ」

頭がくらっとして、思わずうめき声を上げた。

「智也さん？　どうかしたの？」

俺の様子を見て、夢子が驚いた顔をしたのが微かに見えた。

「……悪い。酔いが回ってきたかな。目眩がして」

頭を押さえながら、無理に笑ってみせた。

「顔色がよくないわ。もう休んだほうがいいんじゃない？」

「ああ……。そうしようかな」

急激に、彼女に平気な顔をする余裕が消え失せていく。心配をかけたくないのに、すぐにでも横になりたいと思う。

寝室へと移動しようと立ち上がる。その瞬間、足元がふらつき、床に膝をついた。

「智也さん！」

俺を呼ぶ彼女の声を聞いたのを最後に、俺の意識は遠のいた。

「もう泣かないで。夢子さんのせいじゃないよ。兄さんはタフなんだ。食べ物のせいで倒れるような、やわな身体じゃない。鍛え抜かれてるんだから」

話し声が耳を掠め、うっすらと目を開けると、白い天井が視界に映る。

「そうよ。お医者様も、疲れが出ただけだって言ったじゃない。働きすぎなのよ」

声の主が修吾と桃華だとすぐにわかった。どうやら記憶が途絶えてから、俺は病院に連れてこられたようだ。腕から点滴の管が伸びている。

桃華の話が本当なら、過労で倒れるなんて初めてのことだ。そんなに無理をしているような自覚はまったくなかったのに。だが確かに、ここ最近の睡眠時間は足りてはいないだろう。

横に目を向けると、泣きながら座る夢子の隣にふたりが立っている。

俺が目覚めたことには誰も気づいていないらしい。ふたりの話は続く。

「そうそう。昔から何事にも、スイッチが入ると妙に張り切って暴走するんだよな。あとのことも考えないでさ」

「ほどほどにって言葉を知らないの。本当に迷惑よね。倒れるまで気づかないなんて」

俺の意識がないと思っているのをいいことに、ずいぶんな言い草だ。

「でも……私が作った料理を食べた途端に顔色が悪くなって……。ぐすっ……」

皆に『おい、好き勝手言うなよ。聞こえてるぞ』と言って驚かそうとしたが、夢子の涙声を聞いて彼女のほうに目線を移した。

「きっと無理して食べてたんだわ。自分で作ろうと思わないで、桃華さんに全部教わればよかった。そしたら智也さんも、こんなに苦しむことはなかったかもしれないのに。このまま目を開けなかったらどうしよう。私のせいだわ。肉にちゃんと火が通ってなかったのかも……」

目を両手で覆って、夢子は泣いていた。

「そんな理由で起きないわけないだろ。ただの過労なんだから。眠ってるだけだって」

修吾はそんな夢子を見ながら、ため息をついている。

「もしもこのまま……智也さんが入院なんてことになったらどうしよう。病気になってしまったら、私は合わせる顔がない」

夢子の大げさな言い方にぎょっとした。修吾と桃華も驚いた顔をしている。

「やだ、なにを言うの。お医者様の話を聞いてた？　過労だって言ってたじゃない。明日にはピンピンしてるわよ」

桃華が言い聞かせるように話す。

「……残念ながら桃華が言う通り、明日は何事もなかったかのようにしているだろうな。このままここで夢子に看病されていたいけど」

思わず口を挟むと、三人はそろって俺のほうを見た。

「兄さん！」

「智也さん！」

修吾と桃華が俺の名を呼ぶ。夢子は驚いた顔をしている。

腕に刺された点滴のおかげなのか、身体のだるさが消えている。しばらく眠っていたからだろうか、なんだかすっきりした気分だ。

「夢子。おいで」

ゆっくりと上体を起こし、手を広げて名前を呼ぶと、彼女は泣きながら俺の胸に顔をうずめた。

「智也さん、ごめんなさい！　きっと、美味しくなかったのね。疲れてたのに、無理してたくさん食べて……。だから気分が悪くなったのかも」

彼女の頭をギュッと抱きしめる。

「そんなわけないだろ。どれも美味しかったよ。俺のために頑張ったんだよな？」

俺が言うと、彼女は顔を上げて俺を見た。

「智也さんの役に立ちたくて。……奥さんとして認めてもらいたかった。智也さんに、私と結婚したことを後悔してほしくないと思ったの」

「夢子……」

「私ったら、いつも自分の気持ちばかりで……智也さんが無理をしてることに気づけなかったわ」

うるうると涙が滲むその瞳は、こんなときでも綺麗だと思う。俺だって、君が悩んでいるというのに、いつでも自分の感情ばかりだ。

「後悔なんてするはずないよ。認めるもなにも、夢子以外の女性に俺の嫁が務まるわけないだろ。俺は張り切って暴走する迷惑な男だからな」

修吾と桃華が一瞬驚いた顔をしてから、お互いの目を見合わす。そんなふたりを見て、俺はふっと笑った。

夢子の頬を両手で包み、額をくっつけて、至近距離で彼女の顔を見つめる。

「料理ができるとかできないとか、そんな理由で結婚したわけじゃない。家事はこれから俺が教えるから、ゆっくりと覚えたらいい。いつだって、夢子が望むことを俺に言ってほしい。君の気持ちが最優先だ」

「料理を教えてくれるだなんて。それじゃ智也さんが大変だわ。なにもできない私のことを嫌になってしまうかもしれない」

顔を歪ませる彼女に微笑む。

「見くびってもらっちゃ困るな。その程度で君を嫌いになれるのなら、初めから必死で口説いたりはしない。便利なだけの相手と結婚したいのなら、頑固で勝ち気な君よりも従順な子を選ぶ。だけど、そうじゃないんだ。俺が今どれだけ幸せかわかるか？君と結婚できて、本当に嬉しいんだ」

彼女の目から涙が流れ落ちる。

「智也さん……。ごめんなさい」

その細い身体を再び抱きしめた。

これほどまでに人を好きになれることを教えてくれた君を、なにがあっても嫌いになれるはずはない。

「本当に人騒がせな夫婦……。私たちは帰るわね。あ、智也さん。お医者様が、今夜はここに泊まるように言ってたわ。点滴がもう少しかかるからって」

「今日だけはここで変なことはするなよ。結婚式の日みたいに、たとえ夢子さんを見て我慢できなくなってもさ」

桃華と修吾がクスクスと笑いながら言う。

「ああ。つらいだろうけど、なんとか耐えるよ。ふたりとも、本当にすまなかった。ありがとう。夢子、ふたりが帰るって」

三人で微笑み合ってから、俺の腕の中で顔を伏せたままの夢子に声をかけた。だが彼女は、俺に抱かれたままの体勢で動かない。

「おい、まだ泣いてるのか？　もういいって……」

その身体をそっと起こす。

「夢子、どうした？」

彼女を呼ぶが返事をしない。目を閉じて苦しそうに呼吸を荒くしている。

「おい、大丈夫か！　修吾、先生を呼んできてくれ」

「わ、わかった」

「私も行くわ」

修吾と桃華が、慌てて部屋を出ていく。

俺はぐったりしたままの彼女を腕に抱きながら、いったいどうしたらいいのかわからなくなっていた。

# 二度とこの手を離さない！［智也ｓｉｄｅ］

眠っている彼女の顔を、ベッドの横の椅子に座ってじっと見つめる。

俺の腕に刺さっていた点滴がようやく終わり、夢子の症状について医師と話したあと、彼女が寝ている病室に入った。

修吾たちには帰ってもらったので、もういない。静かになった病室で、あれこれと考えを巡らせる。

俺が倒れて担ぎ込まれた病院で、今は夢子が寝ている。

思えば結婚式の前から、準備などでお互いに慌ただしかった。俺と同じように彼女も疲れていたのだ。

結婚したての普通のカップルは、本当は今頃ふたりで旅行に出かけ、どこか海外のリゾート地でゆっくりしているはずだろう。だが後継者として歩きだしたばかりの俺には、とてもそんな時間はなかった。

笹岡社長は無理をしてでも新婚旅行に行くことを勧めてくれたが、どうしても仕事を長期間抜けることはできなかった。

だが、今にして思えば、夢子の症状からは行かなくて正解だったのだが。

「夢子……。ごめんな」

呟きながら、その頬にそっと触れる。

すると彼女の顔がピクッと動いた。

「夢子？」

呼びかけると、ゆっくりとその目が開かれた。

彼女が眠りに落ちてから、二時間以上が経過していた。日付が変わり、時計の針はもう深夜を指している。

「智也さん……私……？」

彼女の目がくるくると動き、部屋の中を見回している。自分の置かれている状況がよくわかっていないようだ。

「いろいろと気を張ってたみたいだな。俺が倒れて驚いただろう。君は貧血で意識を失ったんだ。気分はどうだ？」

微かに笑いながら、彼女の顔を覗き込む。

「智也さんはもう大丈夫なの……？　お腹は痛くない？」

不安そうに言う彼女の手を握った。

「俺はもうなんともないよ。心配をかけたな。修吾の言った通りだ。暴走して少々無茶をしてたのかもしれない。式の前もずっと深夜に帰ってたから。体調管理もできないで情けないよ。ちなみに、初めから腹はまったく問題ない。君の料理のせいじゃないから」

「そう……。よかった」

実は今、君に伝えなくてはいけないことがある。だがどう切り出せばいいのかわからない。

俺が言葉を探しながら考えていると、彼女がもう片方の手で俺の手を包み込んだ。

「夢を……見てたの。眠ってからずっと」

彼女を見ると、その目がふと細くなった。

それにつられて、俺も自然と顔が緩む。

「へえ。……どんな？」

「私が智也さんの腕の中に抱かれてるの。幸せで……温かくて、心地よくて……。だからね、私は必死で願うの。智也さんが私を好きでいる時間が、永遠に続きますように……ってね」

「うん。それから？　……願ったらどうなった？」

彼女の手が俺の手を握る力が強くなる。

「なぜか、願った瞬間に……智也さんの温もりは消えて。だけど気づけば、再び智也さんの腕の中にいるの。私には智也さんしかいないから、あなたの温もりが消えても、あなたを求めてさまよってたのね。今も目覚めると、やっぱり智也さんは私のそばにいた。それが嬉しいの」

俺も両手で彼女の手を握り直した。

「俺にだって夢子しかいない。たとえ離れても君を探し求める。俺と君は同じだ」

永遠の愛を誓ったとき、夢子と結婚できた自分を心から幸せな男だと思った。

隣で笑う君があまりにも可愛くて、二度とこんなに誰かを好きにはならないだろうと確信した。

「初めて君を見た日から……きっともう、俺の心は決まってたんだろうな。強がる君がとても純真で可憐なことに気づいた。なんとかして君を振り向かせようと必死だったよ」

躊躇いながら初めて打ち明ける。そんな俺を夢子は驚いた顔で見ていた。

「智也さんはどうしてそんなに優しいの？　私は……人を好きになったことがないから、気持ちを伝えることもできなくて、嫌な態度を見せてばかりだったのに」

「優しくなんかないよ。夢子にはなんでもしてあげたいだけ。あまのじゃくな君も可愛かった。俺の目には君しか映ってはいない」

頬を赤く染めた彼女が、俺を見て微かに笑う。

そっと上体を起こし、彼女が俺の首に腕を巻きつけて、そのまま俺にしがみつく。

「あなたを本当に愛してる。智也さんとずっと一緒にいたいと願う私の夢は、あなたが叶えてくれた。いくら自分は智也さんには似合わないと卑屈になっても、あなたを諦められなかった。智也さんの前だと私はもう〝王子〟にはなれないの。恋もバスケも……本物の王子さまに完敗だもの」

彼女を抱きしめながら、伝えたかったことを告げる。

「じゃあ……元気な子を産んでくれるか？　すまない。次回のコンペだけど、君は不参加になる。おそらく長期休暇を取ることになるから」

彼女はガバッと顔を上げた。

「子供……？　なに？　どういうこと？」

目の前にある夢子の顔を見つめる。

「君は……妊娠してる。だから貧血になって倒れたんだ。ずっと、どう切り出せばいいか考えてた。結婚したばかりなのに……」

先ほど医者に事実を告げられたとき、心の奥から喜びを感じた。夢子の中に俺の子がいる。思わず叫びたくなるほどに嬉しかった。

だが次の瞬間、不安な気持ちに襲われた。結婚直後だし、彼女は仕事にも熱心に取り組んでいるから、動揺したり躊躇ったりするのではないだろうか。

「本当に……?　赤ちゃんが……」

彼女の唇が小刻みに震えてくる。その唇を親指でそっとなぞる。

「ああ。聞いたとき、俺は本当に嬉しかった。だけど君がどう思うかわからなくて心配だったんだ」

大きく見開かれた彼女の目から、涙がぽろっとこぼれ落ちた。

「私だって嬉しいに決まってる。当たり前じゃない。すごい……智也さんは、私の夢を本当に全部叶えてくれるのね。……ありがとう」

その涙はいつだって透明で美しい。何度見てもそう思う。

幸せそうにふわりと笑う彼女を見て、俺も目頭が熱くなってくる。

「夢子の望むことは、これからも俺が全力で叶える。夢子とこの子を一生をかけて守るから。……この子が産まれたら、今以上に俺は君に頭が上がらなくなるな。完敗なのは俺のほうだ」

君は強くて美しい。もし俺が君のそばにいなくても、自分の足で歩いていけるのだろう。

だけどそんな君だから、俺はこれほどまでに心惹かれた。俺とともに未来を歩く女性が夢子でよかった。

「智也さんに似た強い男の子がいいわ。可愛いだろうな……。会社の未来も安泰ね。お父さんがどんなに喜ぶかしら」

お腹に手を当てて、嬉しそうに彼女が言う。

「いや、きっと夢子に似た可愛い女の子だよ。……まあ、どっちでもいいさ。かけがえのない子に変わりはない」

彼女の手の上から俺も手を添えた。

「私に似た女の子なら、きっとじゃじゃ馬だわ。私も小さな頃は、ずいぶんとおてんばだったの」

「ああ、そうかもな。だけど安心しろ。じゃじゃ馬娘の扱いは慣れてるから。散々訓練したから自信がある」

「どういう意味よ」

一瞬怒った顔をしてから、彼女はクスクスと笑った。

「智也さん。……ありがとう。私を選んでくれたことを、きっと後悔はさせない。私はなにがあっても、あなたを愛する自信があるの」

四百万円の入った紙袋を俺に差し出し、オロオロと視線を泳がせていた頃の君とは別人のような、自信に満ちて輝く笑顔を見つめる。

「夢子。もう一度、最後の契約をしないか。世界一幸せになると約束しよう。期間は無期限で、解約はできない。俺からの報酬は……君への無限の愛だ」

潤んだ目で俺を見ながら、彼女は大きく頷いた。

「……契約印を……押してくれる？」

「言われなくても、何度でも押すよ」

そっと重なる唇から感じる君の温もり。それは俺にとってかけがえのないものだ。

抗うこともできずに君に溺れていった日々が、今では懐かしい。燃え上がるように君を好きになって、その想いの炎は、俺の心の奥で未だに消えてはいない。

「どうしたら伝わる？　君を……誰よりも愛していると」

「んん……」

溶け合うようなキスに、彼女はなにも言えない。

「夢子……。好きだ」

そっと唇を離し、見つめ合う。

「続きは……帰ってから。美味しいステーキを作り直すから。もう倒れないでね」

「ははっ。気をつけるよ」

身体を離し、夢子をベッドにそっと寝かせた。

「薬が効いてきてるだろ？　このまま寝るといい」

「うん。なんだか、眠くなってきた……」

まぶたを閉じかけている夢子の頬にキスをする。

運命というものが、もしもこの世にあるのなら、君に出会えたことは偶然ではない。

これからもそんな奇跡を積み重ねて、君と肩を寄せ合い生きていく。

「夢子……。ありがとう」

目を閉じている夢子に呟く。だがもう眠ったのか、彼女はなにも言わなかった。

それからしばらくして、椅子に座ったまま、俺もうとうとしかけた。だが、彼女がもぞもぞと動くのに気づいて目を開ける。

「ん……？」

目をこすりながら彼女のほうを見た。

「智也さん……好き……」

小さな声で呟き、再び寝息を立てる彼女を見て、俺はクスッと笑った。それはあの日ホテルで聞いた寝言と、まったく同じだった。

「……だから、知ってるって」

夢子の髪を撫でながら、その寝顔を見つめる。

俺はきっとこれからも、君が呆れるほどに君を愛していく。この手を二度と離しはしない。

「俺は……君じゃないとダメなんだ。夢を叶えてもらったのは俺のほうだ」

眠ったままの夢子に再びそっと呟いた。

こんなにも心が満たされる存在は、君以外にはいないから。ずっと俺の隣で笑っていてほしい。

愛してるよ、夢子。

君の目が覚めたら真っ先にそう告げようと思いながら、彼女と手を繋いだまま、俺も眠りに落ちていった。

END

# あとがき

皆さまこんにちは。鳴瀬菜々子です。

このたびは、七冊目の文庫化となり、こうして再び皆さまにご挨拶ができますことを心より感謝いたしております。ありがとうございます。

今作は、これまでとは違ったイメージのヒロインにしたくて、女性らしさが溢れるタイプではなく、活発で元気な女の子のお話となりました。

誰もが人知れず心の奥に秘めているコンプレックス。周囲から見ればたいした問題ではなくても、本人にしたらとても重要な場合があります。

今作のヒロイン夢子ちゃんも、ボーイッシュな自分に自信を失いかけ、恋することを諦めようとします。可愛くて素直な女の子にはなれずに、意地を張ってしまいます。

ですが、彼の深くて大きな愛が、再び彼女を輝かせるのです。

彼女の明るく元気なところに惹かれたヒーローは、彼女に繰り返し『そのままの君が一番綺麗だ』とメッセージを送り続けます。

自分らしさを押し殺して飾っても、そこに本当の美しさはありません。

私も自己嫌悪に陥ったり、後悔したりすることを繰り返す日々ですが、常に自分らしさだけは失わないように心がけています。もちろんコンプレックスはたくさんありますが、持ち前のリセット機能で忘れます（笑）。

この作品を読んでくださった皆さまにはどうか、読み終えたときに、自分を大好きだと感じていただけたなら幸いです。そんな皆さまを愛してやまない人が、いつも隣で必ず優しく笑っているのですから。

最後になりますが、今作もたくさんの方々のお力添えをいただきまして、心よりお礼を申し上げます。

担当編集の三好さま、矢郷さま。おふたりのおかげで、今作もたくさんの方にお読みいただけることとなりました。ありがとうございます。

綺麗で素晴らしいイラストを描いてくださった、ｎｅｃｏさま。本当にありがとうございます。

そして、応援していただいている読者の皆さま。心から感謝いたします。

またいつか、お会いできますように。

鳴《なる》瀬《せ》菜《な》々《な》子《こ》

鳴瀬菜々子先生への
ファンレターのあて先

〒104-0031
東京都中央区京橋1-3-1
八重洲口大栄ビル7F
スターツ出版株式会社　書籍編集部　気付

鳴瀬菜々子先生

本書へのご意見をお聞かせください

お買い上げいただき、ありがとうございます。
今後の編集の参考にさせていただきますので、
アンケートにお答えいただければ幸いです。

下記URLまたはQRコードから
アンケートページへお入りください。
http://www.berrys-cafe.jp/static/etc/bb

ベリーズ文庫



# 偽りの婚約者に溺愛されています

2018年3月10日　初版第1刷発行

著　　者　鳴瀬菜々子
©Nanako Naruse 2018

発 行 人　松島 滋

デザイン　カバー　菅野涼子（説話社）
フォーマット　hive & co.,ltd.

校　　正　株式会社　文字工房燦光

編集協力　矢郷真裕子

編　　集　三好技知（説話社）

発 行 所　スターツ出版株式会社
〒104-0031
東京都中央区京橋1-3-1　八重洲口大栄ビル7F
TEL　販売部　03-6202-0386（ご注文等に関するお問い合わせ）
URL　http://starts-pub.jp/

印 刷 所　大日本印刷株式会社

Printed in Japan



ISBN 978-4-8137-0419-5　C0193